AF381149

Für die wahren Engel der Lüfte

A. Tupolewa
Bastian J. Kurz

DIE EISPIRATEN

Der Antarktisplan

Science Fiction Dystopia

Bibliografische Information der Deutschen Nationalbibliothek:
Die Deutsche Nationalbibliothek verzeichnet diese
Publikation in der Deutschen Nationalbibliografie, detail-
lierte bibliografische Daten sind im Internet über
dnb.dnb.de abrufbar.

TWENTYSIX
Eine Marke der Books on Demand GmbH

Herstellung und Verlag:
BoD – Books on Demand, Norderstedt

ISBN: 9783740783716

"Das hat gesessen!", jubelte Kapitän Komodo. Er rieb sich die Hände, während er die Rauchwolke betrachtete, die vor kurzem noch ein Schiff gewesen war. Auch seine Mitstreiter freuten sich diebisch über den Erfolg. Sie bildeten wirklich ein eingeschworenes Team, bestehend aus vierzehn Männern und Frauen, die mit einem umgebauten Zerstörer namens Firestar Jagd auf die Wassersammler machten.

Bereits drei dieser widerlichen Oberschichtshandlanger hatten sie versenkt. Der Kapitän sah es nicht ein, wieso erst extreme Anstrengungen unternommen wurden, die Antarktis zu erhalten und den Klimawandel zu bekämpfen, dann aber Schiffe aus den Industrieländern die Eisberge abbauten und das einstige Naturschutzgebiet damit der Vernichtung preisgaben. Dies und die Tatsache, dass er eher zu den sozial Benachteiligten zählte, bewog ihn, Skylas Vorschlag anzunehmen. Skyla hieß ihre geheimnisvolle Anführerin, die es sich zur Aufgabe gemacht hatte, dem Anthropozentrismus, wie man die menschliche Vorherrschaft über alles andere nannte, einen gehörigen Riegel vorzuschieben. Dazu versammelte sie einen Trupp verwegener Sonderlinge um sich. Nur Kapitän Komodo wusste, wie sie aussah und wo sie sich aufhielt.

"Toter Wal voraus!", rief Steuerfrau Albena. Die bulgarische Walforscherin hatte sich dem Team angeschlossen, da der Schutz der riesigen Meeressäuger zugunsten der Wassergewinnung vollkommen zurückgestellt wurde, was natürlich auch Waljäger ausnutzten. Von deren Fangschiffen versenkten sie ebenfalls eines, worauf sich der Rest zurückzog. Aber Albena war sich sicher, dass sie es erneut versuchen würden. Es war nur noch eine Frage der Zeit.

Inzwischen drehte die Firestar längsseits dem Walkadaver, der schon einige Tage auf dem Wasser schwamm und dementsprechend roch. Seine Verletzungen zeigten, dass er Schiffsschrauben zum Opfer gefallen war. Auch wenn heutige Schiffe meist auf Antriebe mit Brennstoffzellen setzten, besaßen sie nach wie vor diese todbringenden Propeller, die insbesondere für langsam schwimmende Wale wie dem südlichen Glattwal zur Bedrohung wurden.

"Das ist schon der Vierte diese Woche", knurrte der Kapitän. Das Schicksal der Tiere war ein weiterer Grund, sich für diese Mission bereitzuerklären. Die meisten Wassersammler pflügten ohne Rücksicht auf Verluste durch das antarktische Meer.

Die Firestar umrundete gerade eine Insel, als einer der Matrosen aufgeregt zum Strand zeigte und rief: "Da ist jemand!"

Kapitän Komodo nahm ein Fernglas zur Hand und schaute hindurch. Tatsächlich erkannte er einen Mann auf der Insel, dessen geduckte Haltung nichts Gutes verhieß.

"Sollen wir ihn festnehmen?", fragte der Matrose.

Komodo winkte ab. "Wir nehmen keine Gefangenen. Die Gefahr von Sabotageakten ist einfach zu hoch. Außerdem wird der Kerl bald sein blaues Wunder erleben."

Seine Mundwinkel verbogen sich zu einem gehässigen Grinsen, als er zwei Eisbären erblickte. Gespannt beobachtete die Besatzung, wie die Tiere den Fremden attackierten, zur Strecke brachten und gierig schmatzend ein Festmahl abhielten.

Die Augen des Matrosen wurden immer größer. "Polarbären hier? Die leben doch am Nordpol!"

"Das war ebenfalls Skylas Idee", erklärte der Kapitän. "Da das Eis der Arktis massiv abgebaut wird, entzogen sie den Bären die Lebensgrundlage. Also beschloss sie, die Tiere auf den subantarktischen Inseln anzusiedeln. Auch Walrosse und andere Robben wurden schon hergebracht."

Einmal im Redefluss, berichtete Komodo auch, dass Skyla erst Grönland als Ausweichquartier vorsah, bis schließlich dort ebenfalls der Eisabbau startete und sie von dem Vorhaben Abstand nehmen musste.

Albenas Ruf riss ihn in die Gegenwart zurück. "Mehrere Schiffe sind auf Konfrontationskurs."

"Alle Mann auf Gefechtsstation!", befahl der Kapitän und blickte auf das Holodisplay des Radars. Vier grüne Punkte, die sich rasch näherten. Anhand der Signatur ließ sich auch erkennen, welchen Typen die Schiffe angehörten.

"Drei Kreuzer und ein Sammler. Sieh an, jetzt setzen sie auf Geleitschutz. Das wird ihnen jedoch nicht helfen. Macht die Baphomet klar!"

Eine Klappe unter der Firestar öffnete sich und ein unbemanntes Tauchboot wurde freigesetzt. Es wies eine große Ähnlichkeit mit der Nautilus aus Jules Vernes Romanen auf und besaß ebenfalls einen

Rammsporn am Bug. Allerdings war es auch mit Torpedos ausgerüstet.

Lautlos glitt die Baphomet durch das Wasser. Aufgrund ihrer Bauweise und Lackierung blieb sie für gegnerische Radarsysteme so gut wie unsichtbar und konnte so rasch in die Nähe der anfahrenden Kreuzer gelangen. Diese nahmen eine Dreiecksformation ein und schützten somit den Sammler in ihrer Mitte.

Das Tauchboot wurde langsamer und manövrierte geschickt zwischen den Kriegsschiffen hindurch, direkt zum Sammlerschiff. Dort gab es volle Kraft und rammte seinen Sporn in den Rumpf des Kahns.

Kapitän Brandon stand an seinem Steuerpult des leichten Kreuzers WEI Glasgow und behielt angestrengt den Radarschirm im Auge. Nichts Außergewöhnliches war zu sehen.

"Wir sollten die Augen offen halten", meinte er. "Sicher treiben sich die Rebellen hier irgendwo herum."

Er hatte keine Ahnung, wie recht er damit hatte. Mit einem Mal erscholl lautes Geschrei auf dem Sammelschiff und Menschen rannten aufgeregt hin und her. Brandon nahm sein Smartkom und wollte anfragen, was denn passiert sei.

"Wir sinken!", schrie sein Gegenüber.

Brandon erblasste. "Wie kann das sein?"

Sein Kanonier blickte auf das Radar Holodisplay und zuckte mit den Achseln. "Sind sie vielleicht auf ein Riff gefahren?"

Der Kapitän klatschte sich die Hand auf die Stirn. "Doch nicht in diesen Gewässern. Nein, ich denke eher, jemand hat uns angegriffen"
Der Sammler wies mittlerweile schon Schlagseite auf. Brandon befahl einem der anderen Kreuzer, die Leute an Bord zu nehmen, ehe er seine Mannschaft anwies: "Die Rebellen sind hier irgendwo, ich spüre es in den Knochen. Suchen wir sie."
Ein heftiger Ruck ging durch die Glasgow und Brandon hatte Mühe, das Gleichgewicht zu halten. "Was war das?", schrie er, ehe er sich an die Crew wandte. "Sofort Schadensmeldungen durchgeben."
Maschinist Bertold war der Erste, der etwas zu berichten hatte. "Wir haben ein Leck und versuchen, das eingedrungene Wasser abzupumpen."
Nun dämmerte es dem Kapitän. "Wasserbomben!", befahl er außer sich vor Wut. "Dieselbe Order geht auch an die Gatwick und die Heathrow!"
Sofort wurden Sprengladungen abgeworfen und schon bald schäumte das Meer regelrecht von den anhaltenden Detonationen. Die Baphomet wurde beschädigt und musste den Rückzug antreten. Dabei verlor sie einen Teil ihrer Tarnvorrichtung.
"Käpt'n, da ist etwas auf dem Radar! Es bewegt sich von uns weg", rief Bordschütze Gregor.
"Dachte ich es mir doch. Ein Mini-U-Boot", knurrte Brandon. "Feuert Torpedos ab und zerstört das Ding!"

Die Baphomet verfügte über eine automatische Feindabwehr. Als die KI die anrauschenden Torpedos registrierte, wurde sie aktiviert. Das Untersee-

boot feuerte eigene Lenkgeschosse ab, um die Waffen der Gegner zu zerstören. Dann beschleunigte es und schwamm im Zickzack zur Firestar zurück.
Dort war man bereits in höchster Alarmbereitschaft. Komodo behielt das Radar im Auge, doch die drei Kreuzer schienen mit sich selbst beschäftigt.
"Auf gehts! Nehmt die Baphomet an Bord und dann werden wir ihnen einen gebührenden Empfang bereiten!"

Dr. Kira Hanuffson schlitterte auf dem vereisten Deck des Sammelschiffes Richtung Reling. Die habilitierte Klima-Biologin und Chemikerin trug den orangefarbenen Antarktissicherheitsanzug der wissenschaftlichen Crew an Bord der HMS Stewart. Dieser schützte sie nicht nur vor den eiskalten Temperaturen, sondern auch bei einem Sturz ins Wasser. Fünf Stunden lang würde er Wärme und Auftrieb bieten und durch die Reflektorstreifen war sie immer sichtbar. Doch noch rutschte sie nur über das vom Sprüheis glatte Deck und schlug hart gegen die Reling.
"Verdammter Mist", fluchte sie und massierte sich die geprellte rechte Hand. "Was ist denn los?" rief Dr. Hanuffson den Männern und Frauen des Sammelschiffes zu.
Einer der Crewmänner, der bärbeißige Benson, drehte sich um, als er die Stimme der Wissenschaftlerin erkannte.
"Dr. Hanuffson", seine tiefe Stimme rieb wie ein Reibeisen über das Gesprochene, "Das Schiff sinkt. Alle nicht benötigten Besatzungsmitglieder müssen

10

es zu ihrer Sicherheit verlassen. Wie Sie sehen, befindet sich die Stewart in erheblicher Schräglage."

Hanuffson runzelte die Stirn und erwiderte voller Sarkasmus: "Das ist mir aufgefallen, Benson. Recht unordentlich von Ihnen, den Kahn zu versenken, wo wir doch alle darauf sind."

"Wir wurden angegriffen", Benson schob die Unterlippe vor und fuhr fort, "Irgendeine Art U-Boot hat uns einen Rammsporn unglücklich in eine Zwischendeckstruktur gerammt., Wir laufen jetzt voll. Wenn wir Pech haben könnten wir sogar das ganze Schiff verlieren."

Kira wurde blass. "Meine Forschungsergebnisse ..."

"Die sind jetzt egal!", blaffte Benson. "In das Rettungsboot mit Ihnen, Frau Doktor."

"Ja sofort, ich muss nur kurz ..." Geschickt befreite sie sich von den zupackenden Händen Bensons, der sie schnurstracks in ein Beiboot verfrachten wollte.

"Ich bin sofort wieder da, Benson. Haben Sie Vertrauen!" Dr. Hanuffson zwinkerte dem Bootsmann zu und kämpfte sich über das eisbedeckte, schräge Deck Richtung Schott vor. Als sie es erreicht hatte, schnaufte sie tief durch und verschwand dann im Inneren des Schiffes.

Benson schüttelte den Kopf. "Wissenschaftler! Verrückte, allesamt!"

Dr. Hanuffson kletterte durch das Gewölbe des Sammlers. Sie erreichte ihre Workstation in einer großen Kabine im Bug der Stewart. Eine Reihe Server und Holodisplays bestimmten das Bild sowie auch Labormaterialien für chemische und biologische Analysen. Ein Rasterelektronenmikroskop und ein Massenspektrometer vervollständigten die umfangreiche Ausrüstung. Dr. Hanuffson ging nach der Notfallprozedur vor. Die bereitstehenden, verstärkten Titankoffer verstaubten seit Monaten unter den Tischen.

"Wenn doch nur ein Mann hier wäre", keuchte die Klima-Biologin. Sie schaltete mit dem Notfallbutton die Server aus. Dann fing sie an, einen nach dem anderen aus der Serverfarm zu entnehmen.

"Ich weiß", flüsterte sie und schob Terrabytekristall um Kristall in die Taschen. "Eigentlich müsste ich euch noch einschweißen. Aber dafür ist nun wirklich keine Zeit mehr."

Sie befüllte die beiden großen Titankoffer mit den Speicherkristallen. Damit hatte sie das wissenschaftliche Datenmaterial, die Berichte und Analysen, die Bilder und Grafiken gesichert.

Sie schleppte keuchend die beiden Gepäckstücke durch die Eingeweide des Schiffes und erreichte eine lateral verschobene Treppe.

"Das wird schwierig", dachte sie und fing an, das Gewicht der Koffer zu ihrem Vorteil zu nutzen. Sie schwang einen nach dem anderen die Treppe empor und folgte so den Ankern ihrer improvisierten Kletterhilfe.

An Deck angelangt, schlitterte sie erneut bis zu Benson, welcher nervös wartete und gar nicht glücklich aussah. Als er schließlich Kira sah, wirkte er erst sehr erleichtert, doch dann verfinsterte sich seine Miene.

12

"Was fällt Ihnen eigentlich ein, Frau Doktor?" Dank des grob mutwillig zurückgehaltenen Zornes presste er die Worte durch die zusammengebissenen Zähne. "Haben Sie eine Ahnung, wie gefährlich das war? Nur damit Sie Ihre Schminksachen holen können. Ja hat man Ihnen ins Gehirn geschissen??!!", brüllte Benson plötzlich.
Kira Hanuffson verstand, warum dem Mann der Kragen platzte.
"Es tut mir leid, Benson." Kira schaute ihm offen in die Augen. Nur die Wahrheit würde sie hier weiterbringen. "Ich weiß, was Sie sagen möchten und warum. Ich habe hier die Forschungsdaten des letzten Jahres gesichert, die für die Firma enorm wertvoll sind. Also helfen Sie mir damit." Sie stellte die Koffer vor ihm auf den eisverkrusteten Steg. "Die Firma nimmt seit jeher Proben des Eises. Die Qualitätssicherung ist vor allem nach der Corona-Epidemie in den 20ern, nach der Affenpest in den 50ern und des Sibirischen Schweißes, der aus dem Permafrostboden freigesetzt wurde, ein wichtiger und vorgeschriebener Anteil des Eisbergens. Also seien Sie bitte nicht sauer, sondern bringen Sie mich und die Daten in Sicherheit."
Bensons Miene hellte sich deutlich auf und er ergriff das Gepäck der Wissenschaftlerin. Dann führte er Dr. Kira Hanuffson zum Beiboot, das sie auf ein anderes Schiff der Flotte bringen würde. Zum Glück erhielten sie gerade Verstärkung.
Dr. Hanuffson kletterte die von eisiger Gischt überfrorene Strickleiter des leichten Kreuzers WEI Antigone nach oben und schleppte die beiden recht

schweren Titankoffer mit den Forschungsdaten des letzten Jahres hinter sich her. Sie hatte ihre schwere Last mit einem Stück Seil zusammen gebunden und trug sie über die Schultern gespannt. Ihre Oberarmmuskulatur schmerzte und ihre Beine brannten. Auch schnitt ihr der Strick schmerzhaft in die Haut. Kira rückte die Koffer zurecht, die bedrohlich an ihr zogen und zerrten, dann versuchte sie, etwas Gefühl in ihre tauben Hände zurück zu schütteln. Endlich erreichte sie die Reling und stieg an Deck des hypermodernen Schiffes der Waterproof European Incorporated. Ein Marinesoldat der europäischen Seestreitkräfte half ihr beim Übersteigen und wollte ihr dann das Gepäck von der Schulter nehmen.

„Nein!", wehrte sie den Seemann ab und setzte vorsichtig die beiden Koffer ab. „Danke, aber wissen Sie wie wichtig diese beiden Titankoffer sind?"

Der Mann kratzte sich am Kopf und fragte, während er ein Tablet hervorholte.

„Ihren Namen bitte? Ich führe die Bergungsliste. Damit niemand auf dem sinkenden Schiff zurückbleibt, wissen Sie. Sie dürften eine der letzten sein."

„Ich bin Dr. Hanuffson. Wissenschaftsgruppe der WEI, Abteilung Qualitätsmanagement und Bio-Gefahrabklärung." Der junge Soldat wich zurück. Seine Augen huschten zwischen der Wissenschaftlerin und ihrem Gepäck hin und her. Kira bemerkte die zögerlichen Blicke.

„Nein, keine Sorge. Da drin sind nur Speicherkristalle. Keine Bio-Gefahrstoffe." Sie schmunzelte leicht.

Der junge Soldat errötete, worauf Kira lachte.

„Nun denn“, schnaufte sie und unterdrückte einen weiteren Lacher, „wohin soll es denn jetzt gehen. Ich brauche einen sicheren Lagerplatz für meine Titankoffer.“

„Ja natürlich“, beeilte sich der junge Soldat zu sagen, „Moment bitte.“ Er tippte auf seinem Tablet herum und nickte dann. „Dr. Hanuffson. Gut. Willkommen an Bord der WEI Antigone. Wir sind ein hypermoderner leichter Kreuzer und als Entsatzschiff für die Stewart eingeteilt.“

Er winkte einem anderen Soldaten zu. Dieser eilte sofort zu ihnen.

„Gefreiter Müller“, befahl der Soldat, „begleiten Sie Dr. Hanuffson bitte in eine der Notfallunterkünfte. Anschließend bringen Sie mit ihr zusammen ihr Gepäck in den Sicherheitsbereich im Laderaum. Sie sind von hoher Sicherheitsstufe.“

Der Gefreite wollte nach den beiden Koffern greifen, als Kiras abwehrende Geste vom schrillen Pfeifen hochgezüchteter Jettriebwerke unterbrochen wurde. Das hohe Kreischen tobte von Norden heran und hielt blutige Ernte unter den Marinesoldaten und Matrosen der WEI Antigone. Der Gefreite, der Kiras Koffer an sich nehmen wollte, brach blutüberströmt in sich zusammen, als die Hochgeschwindigkeitsnadelgeschosse durch seinen Körper pflügten und ihn praktisch zerrissen.

Der Vorgesetzte des Soldaten überblickte sofort die Situation.

„Scheiße!“, fluchte er und warf sich über Kira. Sie stürzten beide zu Boden und die Wissenschaftlerin versuchte, sich unter dem Soldaten hervor zu winden.

„Bleiben Sie liegen, verdammt nochmal", herrschte dieser sie an. „Das ist ein Angriff von Schwarmminidrohnen. Gleich aktiviert sich die automatische Verteidigung."

Kaum hatten die letzten Worte seinen Mund verlassen, als ein kräftiges, schrilles Zischen mit der Gewalt eines Donnersturms über sie hereinbrach. Die automatischen Verteidigungssysteme des leichten Kreuzers pumpten tausende Schuss an Anti-Drohnen-Flechettes in die Luft. Eine Wolke an Explosionen blitze um das Kampfschiff auf, als der Drohnenschwarm vernichtet wurde.

"Erwischt!", rief Brandon, als er die Reste der zerstörten Angreifer herabregnen sah. Dies entschädigte ihn auch für den Anblick, den die Stewart ihm nun bot: starke Schlagseite und fast vollständig vom eisigen Wasser verschluckt. Gott sei Dank waren zwei weitere leichte Kreuzer erschienen, es bestand also wieder Hoffnung, gegen die Rebellen zu bestehen.

Dann blickte Brandon nach oben und kniff die Lider zusammen. Da flog etwas. Er rieb sich die Augen und schaute vorsichtig wieder hin. Tatsächlich befand sich ein Flugzeug am Himmel. Die Kondensstreifen verrieten ihm, dass diese Maschine noch über den antiquierten Kerosinantrieb verfügte.

"Sowas aber auch. Sind die nicht seit dreißig Jahren verboten?", murmelte der Kapitän vor sich hin.

Drei Streifen waren es, die sich rasch auflösten. Kurz darauf verschwand auch der Flieger am Horizont.

Kapitän Komodos Nerven waren zum Zerreißen gespannt, denn gleich trafen sie auf die Feinde. Da meldete sich sein Interkom.
"Komodo? Skyla hier. Zwei weitere Kreuzer sind erschienen, einer hat die angreifenden Drohnen im Nu erledigt. Also Achtung!"
Komodo rieb sich den Bart. "Verstanden! Mit denen werden wir fertig. Bringe du dich besser in Sicherheit, die verfügen sicher auch über Flugabwehr."
"Schon erledigt, ich bin bereits im Landeanflug. Übrigens lässt Doktor Cosack ausrichten, dass die Baphomet 2 bereit ist."
Skylas Basis befand sich in der ehemaligen Mirny-Station, die vor mehreren Jahren aufgegeben wurde. Hier standen neben Wohngebäuden auch ein Hangar und ein Treibstofflager. Etwa hundert Kilometer davon entfernt und auf keiner Karte verzeichnet, lag das Labor des russischen Wissenschaftlers. Anfangs untersuchte er, wie viele andere seiner Zunft, das Eis und die darin enthaltenen Stoffe, um daraus Rückschlüsse auf das Klima vergangener Epochen zu ziehen. Doch als die Sammelwut der Industriestaaten begann, schulte er zum Maschinenbauer um. Kurz darauf traf er auf Skyla, die ihm anbot, in ihr Rebellenteam namens Eispiraten einzusteigen. Nun baute und wartete er neben Schiffen auch modernste Unterseeboote und auf Skylas Wunsch hin sogar

KI-kontrollierte Kampfroboter. Mindestens einer von ihnen befand sich seitdem stets als Leibwächter in ihrer Nähe.

Dr. Cosack, ein älterer Mann mit rötlichblonden Haaren, betrachtete seinen neuesten Geniestreich, die Baphomet 2. Wie ihr Schwesterboot sah auch sie der Nautilus ähnlich und verfügte ebenfalls über einen Rammsporn. Doch besaß sie auch ausklappbare Beine mit Haftscheiben, um sich an feindlichen Schiffen festklammern zu können, sowie einen um 360 Grad schwenkbaren Laserbohrer. Jetzt betätigte der Wissenschaftler einen Schalter, worauf sich vor dem U-Boot eine Luke öffnete. Es fuhr voran, wo es seine Antriebe startete. Eine Gigaloop-Röhre schloss sich an und die Baphomet 2 beschleunigte stark, ehe sie mit extrem hoher Geschwindigkeit hindurchraste. Es dauerte nicht lange, bis sie ihr Ziel erreichte, eine Öffnung unter dem Eis. Hier verließ sie den Tunnel und begab sich auf schnellstem Weg zur Firestar.

"Kapitän, die Baphomet 2 ist angekommen", rief Steuerfrau Albena.

"Sehr gut", entgegnete Komodo zufrieden. "Mit beiden Tauchbooten und unserer Firestar werden wir stark genug sein."

Die feindlichen Kreuzer kamen in Sicht.

"Angriff!", befahl der Kapitän. Sofort donnerten die Geschütztürme des Zerstörers und spien ihre tödliche Ladung aus. Die Baphomet 2 und ihr notdürftig repariertes Schwesterboot schwärmten ebenfalls aus.

Der Soldat, der schützend auf Kira Hanuffson lag, rollte sich zur Seite, auf die Knie und stand dann auf. Eine Hand nach der Wissenschaftlerin ausgestreckt, blickte er sich um. Kira ergriff die dargebotene Rechte und stand auf. Ein schneller Blick über das Deck des Kreuzers zeigte ihr, dass der Angriff einige Opfer gefordert hatte. Körper lagen in großen, schon gefrierenden Lachen aus Blut. Die Überlebenden standen, von den Ereignissen überrollt, taub und stumpf herum. Der Bootsmann neben Kira bückte sich und checkte kurz den Zustand des Gefreiten. Da kam jede Hilfe zu spät. Er wandte sich der Frau zu und überprüfte kurz ihren körperlichen Zustand. Obwohl äußerlich unversehrt, war sie dennoch voller Blut.

„Kommen Sie, Dr. Hanuffson", sagte der Bootsmann, „schaffen wir Sie unter Deck."

Kira nickte und folgte dem Soldaten, der ihre Koffer aufnahm. Diesmal protestierte sie nicht.

„Diese Drohnen sind verdammt tödlich", erklärte der Bootsmann. Kira stapfte hinter dem Mann her und sie erreichten eine Luke. Während er weitersprach, öffnete er diese. „Der Vorteil moderner Kriegsführung. Allumfassende Zerstörung. Der Einsatz von Anti-Personendrohnen in Schwärmen ist die neue Realität auf den Schlachtfeldern um das Wasser."

„Schrecklich", brachte Kira nur noch über die Lippen, bevor sie dem Soldaten, er hieß Gottfriedson, in den Bauch des Schiffes folgte.

Dieser nickte nur. „In der Tat. Aber die Vereinigten Staaten von Europa brauchen das Wasser. Heute dringender denn je. Wenn nur nicht diese verdammten Piraten wären. Schlimm genug, dass wir uns mit der Neuen Republik Amerika und Goldwater herumschlagen müssen. Aber diese verdammten Anarchisten..." Er verstummte. Unbemerkt hatten sie die Notunterkünfte an Bord der WEI Antigone erreicht. Der Bootsmann öffnete das Schott und betrat die dahinter liegende Mannschaftsunterkunft. Zehn Pritschen reihten sich an den Wänden auf, je zwei übereinander. Alle, bis auf eine, waren momentan belegt.

„Ihr neues Reich, Dr. Hanuffson", sagte Bootsmann Gottfriedson. „Merken Sie sich die Kabinennummer. Falls Sie die Orientierung verlieren, kann Ihnen jeder Matrose an Bord der Antigone weiterhelfen, solange Sie nur Ihre Kabinennummer wissen."

„Dankeschön Bootsmann." Kira nickte ihm zu. In diesem Moment kamen zwei ihrer wissenschaftlichen Mitarbeiter auf sie zu.

„Dr. Hanuffson. Was ist passiert? Sind Sie verletzt?", fragte Westerman. Erst jetzt wurde Kira bewusst, dass sie voller Blutspritzer war.

„Nein, es...es ist nicht mein Blut", schüttelte sie den Kopf. „Es gab noch einen Angriff. Mini Schwarmdrohnen. Es war entsetzlich."

Gottfriedson räusperte sich dezent. „So kommen Sie, wir bringen Ihre wertvollen Daten in den gesicherten Frachtraum. Dort passiert ihnen nichts."

Kira nickte zustimmend und folgte ihm durch die Gänge des leichten Kreuzers. Ihre Schritte hallten laut auf den Stahlplatten wider. Kurze Zeit später

20

erreichten sie den gesicherten Frachtraum, vor dem ein Gefreiter Wache hielt. Auf ein Zeichen des Bootsmanns hin öffnete er das elektronische Schloss. Gottfriedson stellte die beiden Koffer in ein Regal an der Wand und sicherte sie zusätzlich mit Gurten.

„So", sagte er und klopfte auf den linken Koffer aus Titanstahl, „hier passiert nichts."

Er verließ den Frachtraum und musterte dann kritisch die Wissenschaftlerin. Unter dem intensiven Blick seiner graublauen Augen wurde Kira ganz warm. „Folgen Sie mir, Dr. Hanuffson. Ich begleite Sie zu Ihrer Kabine, da können Sie den Anzug ausziehen und dann besorgen wir Ihnen mal einen Kaffee. Danach sieht die Welt gleich besser aus."

Kira nickte nur und lief dem Seesoldaten hinterher. Ein heißer Kaffee wäre genau das Richtige. Er würde die Kälte vertreiben, die Körperliche wie die Seelische.

In diesem Moment jedoch ertönte der rote Alarm.

„Fuck!", fluchte Gottfriedson, „aus dem Kaffee wird nichts. Kommen Sie schnell, ich bringe Sie zu Ihrer Kabine. Dann muss ich los."

Er begann zu rennen, während Kira verdutzt stehenblieb. Gottfriedson wandte sich um. „Machen Sie schon, Doktor!", schrie er „wir haben keine Zeit."

In diesem Augenblick donnerten auch schon die Geschütze der Antigone auf. Ein gewaltiges Hallen bahnte sich seinen Weg durchs Schiff. Kira presste sich schützend die Hände an die Ohren. Taumelnd folgte sie dem Bootsmann.

Die Seeschlacht tobte in vollem Gange. Mithilfe der Bord-KI manövrierte Steuerfrau Albena geschickt die Firestar, um möglichst wenig Trefferfläche zu bieten. Die Baphomet 2 näherte sich unterdessen lautlos der Gatwick und verwendete ihre Arme, um sich direkt neben dem Ruder am Rumpf des Schiffes festzuheften. Dann setzte sie den Laserkopf ein, um das Ruder zu zerstören und den Kreuzer somit manövrierunfähig zu machen. Da sie auf dem Radar unsichtbar war, gelang ihr dies auch.

"Passt auf die verdammten Drohnen-U-Boote auf!", schrie Brandon, als er mitbekam, was Phase war. Doch es war bereits zu spät. Schon kam die Meldung der Gatwick, dass sie nicht mehr steuern konnten. Hilflos waren sie dem Geschützfeuer der Firestar ausgeliefert.

"Zielt nur auf die Waffensysteme!", befahl Komodo, denn er hatte einen Plan. Auch wenn ein Zerstörer einem Kreuzer normalerweise überlegen war und sie zudem noch die beiden Tauchboote besaßen, stand es vier gegen einen. Außerdem war die Tarnvorrichtung der Baphomet 1 beschädigt. Also musste eine List her. Nachdem die Gatwick kampfunfähig geschossen war, näherte sich die Firestar, um sie als Schutzschild zu benutzen. Baphomet 1 erreichte unterdessen die Antigone.

Skyla war mittlerweile zu ihrer Basis zurückgekehrt. Jetzt stand sie im Hangar und beobachtete durch die weit geöffneten Torflügel eine Eisbärenmutter mit ihren beiden Jungen. Die Tiere wirkten gesund und wohlgenährt. Ausgelassen tobten sie durch den frischen Schnee, als gäbe es keine Sorgen. Lebten sie normalerweise an den Küsten, begaben sie sich im antarktischen Sommer auch weiter ins Landesinnere.

Es war also doch eine gute Idee gewesen, die Bären hier anzusiedeln. In der Arktis waren sie bis auf einige winzige Restpopulationen ausgestorben, da das immer spärlicher gewordene Meereis von raffgierigen Konzernen abgebaut wurde, die den Tieren damit den letzten Lebensraum nahmen. Nachdem die Seeschlacht vor Grönland mit einer Niederlage für die Vereinigten Staaten von Europa endete, durften nur noch die Amerikaner in der Arktis Wasser sammeln. Die Europäer mussten den weiten Weg bis zur Antarktis auf sich nehmen, doch gab es hier weitaus mehr zu holen. Es war also nur noch eine Frage der Zeit, bis die Amerikaner auch hier auftauchten. Und alles nur, weil die vermehrungswütige Menschheit auf zwölf Milliarden angewachsen war und irgendwelche Kapitalisten den Hals nicht voll genug bekamen!

Skyla stöhnte auf, als sie an die menschliche Bevölkerungsexplosion dachte, der nicht einmal die drei bisherigen Pandemien, Covid 19, Affenpest und sibirischer Schweiß, viel anhaben konnten. Zwar starben mehrere Millionen Menschen an diesen Krankheiten, im Vergleich mit der Gesamtbevölkerung war das jedoch nur ein Tropfen auf dem heißen Stein. Skyla fand, dass die Menschen viel zu viel Hirnkapazität für Sex verschwendeten, denn sonst könnten sie nichtlineare Differentialgleichun-

gen im Kopf lösen, die Welt wäre friedlicher und wahrscheinlich wären auch bereits Raumschiffe zu anderen Sternen unterwegs. So aber folgten die Menschen nur ihrem primitiven Programm aus Fressen, Kämpfen und Fortpflanzung.
"Computer: Monitor absenken!", befahl sie, worauf ein Holodisplay von der Decke herabgelassen wurde. Auf diesem verfolgte sie den Kampf der Firestar gegen die europäische Streitmacht, der von einer Drohne gefilmt wurde.

Explosionen erschütterten das Schiff und ließen Kira Hanuffson schwanken. Sie klammerte sich an einem Schott fest und hastete dann hinter Gottfriedson her. Sie erreichten die Kabine, in der Kiras neues Quartier lag. Der Bootsmann verabschiedete sich ohne ein Wort und eilte auf seine Station. Kira betrat das Gemeinschaftsquartier. Im Inneren erwarteten sie die ängstlichen Gesichter ihrer aktuellen Mitbewohner. Sie kannte nur die Hälfte mit Vornamen. Der Rest war Teil der Mannschaft des untergegangenen Wassersammlers. Zumindest ging Dr. Hanuffson davon aus, dass er gesunken war. Tausende metrische Tonnen kostbares Trinkwasser verloren. Vom hochspezialisierten Sammelschiff gar nicht zu sprechen. Das war ein harter Schlag für die überlastete und mit Rationierungen und Sparmaßnahmen kämpfende Wasserversorgung der Vereinigten Staaten von Europa. Nun würden viele Hähne trockenbleiben und es würden noch mehr Menschen an Durst und schmutzigem Wasser der Wassermafia sterben. Das einst reiche Europa war mittlerweile so stark in Arm und Reich gespalten, dass es selbst in den wohlhabenden Industrienationen zu Wasserunruhen kam.

Hanuffson überdachte die Situation in ihrer Heimat. Ihre Eltern hatten viel geopfert, um ihrer einzigen Tochter den Besuch der Hochschule für marine- und ökologische Forschung in Hamburg zu ermöglichen. Die Metropole lag mittlerweile direkt an der Nordsee. Das war nur eine der vielen Veränderungen, die der fortschreitende Klimawandel mit sich brachte.

Der ohrenbetäubende Einschlag eines Seekriegsartilleriegeschosses rückte ihre Wahrnehmung wieder zurück ins Jetzt. Sie taumelte, als die WEI Antigone krängte und stark Schlagseite bekam. Kurz hatte sie Angst, dass auch dieses Schiff sinken könnte.

„Keine Sorge, Dr. Hanuffson", sagte Westerman, der ihre Blässe bemerkte und die richtigen Schlüsse zog, „das hier ist ein Kriegsschiff der Semaphoren-Klasse, die können so einiges ab."

„Ja, gut", erwiderte Kira, „das will ich hoffen. Ich will nicht schon wieder versenkt werden, denn das ist nicht gut für meine Bio." Sie lachte gezwungen auf.

„Na los, Dr. Hanuffson." Westerman nahm sie am Arm. „Ziehen Sie den Anzug aus. Sie sind voller Blut."

„Ja natürlich." Kira wunderte sich, wie ihr das schon wieder hatte entfallen können. Schlagartig sah sie die zerfetzte Leiche des Gefreiten vor ihrem inneren Auge. Sie hatte schon früher Tote und Verletzte gesehen, das blieb bei einem gefährlichen

Leben auf See nicht aus, doch das war ihr erster Kriegstoter. Doch es fühlte sich gänzlich anders an, als die Berichte in den Nachrichten. Irgendwie viel … plastischer.

Sie zog sich mühsam den Anzug aus, wankte zum nächsten Stuhl und war froh sich endlich setzen zu können. Sie schob das Schwanken ihres Gangs auf die heftigen Manöver des Schiffes und versuchte das Zittern ihrer Knie zu ignorieren.

Um sie herum explodierten die Artilleriegeschosse in der Panzerung der WEI Antigone. Das Schiff hielt ihnen bisher stand, europäische Qualitätsarbeit eben.

Die Baphomet 1 drosselte ihren Antrieb und trieb dank der Wasserstoffzellen leise wie ein Hai durch das kalte Wasser der Antarktis. Sie war auf Kernschussreichweite an den leichten Kreuzer der Seestreitkräfte der Vereinigten Staaten von Europa herangekommen und eröffnete nun mit der neuesten Entwicklung Dr. Cosacks das Feuer. Der Torpedo startete seinen elektrischen Antrieb und schoss dank der Impeller und der einem Fächerfisch, Istiophorus platypterus, nachempfundenen Rumpfform mit knapp 120 Km/h durch das stille, tiefe Wasser auf die WEI Antigone zu. Er war zwar langsamer, als ein Superkavitationstorpedo, aber durch die hervorragenden Tarneigenschaften viel schwerer abzuwehren. Auch die effektive Nutzlast des Torpedos war doppelt bis dreifach so groß. Die Distanz zu dem leichten Kreuzer war so gering, dass, nachdem das Geschoss unweigerlich entdeckt wurde, keine

Zeit mehr für aktive Gegenmaßnahmen blieb. Kaum war der Torpedo auf dem Sonarmultischirm aufgetaucht, da zündete dieser schon seinen experimentellen Sprengkopf. Die Initialexplosion von fünfhundert Kilo CL-20 Hexanitroisowurtzitan, mit einem Äquivalent von einer Kilotonne TNT, brach den Rumpf der WEI Antigone und verteilte eine Mischung hochkritischer Chemikalien in den Schiffskörper. Die thermobare Sprengladung zündete die Chemikalienmixtur und riss ein gigantisches Loch. Die entstehende Unterdruckblase tat ihr übriges und ließ den leichten Kreuzer auseinanderbrechen.

Kapitän Komodo empfand große Genugtuung, als der nächste Eindringling zu Schrott verarbeitet wurde, wuchs er doch in Armut auf, in einer Zeit, wo der Klimaschutz teilweise groteske Züge annahm. Geboren 2030 als Franz Pratzenberger in einem Vorort von Wien, durfte er keine Haustiere halten, musste sich von künstlich hergestellten Nahrungsmitteln ernähren, während die Müllberge aus Elektroschrott wuchsen und die Menschen krank machten. Auch ihm selbst wurden bereits Tumore entfernt, hauptsächlich traten diese an der Haut auf. Steuerfrau Albenas Schicksal verlief ähnlich. 2039 in Varna zur Welt gekommen, erlebte sie das Wirken der Wassermafia am eigenen Leibe. Eltern und Geschwister starben früh und so musste sie schon zeitig auf eigenen Beinen stehen. Ihre Überzeugung war, dass Trinkwasser ein Allgemeingut darstellte

und niemandem gehören sollte, weder Konzernen, noch irgendwelchen dubiosen Gruppierungen.
"Los, setzt noch einen drauf!", rief Komodo. "Versenkt das Ding endgültig!"
Einer der Maschinisten kam aufgeregt die Treppe hochgerannt. "Kapitän, wir haben ein Leck."
"Schotten dicht!", erklang der nächste Befehl. So konnte kaum Wasser eindringen und die Firestar blieb weiter einsatzfähig. Auch sie besaß eine starke Panzerung, ein Glanzstück russischer Wertarbeit. Daneben war ihr Rumpf in sehr viele Sektionen unterteilt, die alle unabhängig voneinander geschlossen werden konnten. So war sie nur schwer zu versenken.
Der Kampf ging weiter. Die Europäer besaßen noch ein einziges Schiff, die Heatrow. Baphomet 1 machte sich zum Angriff bereit.

Skyla beobachtete weiterhin die Schlacht. "Sehr schön, macht diese Pflaumen nieder!", frohlockte sie. Mehr noch als Komodo oder Albena hatte sie allen Grund, die Vereinigten Staaten Europas zu hassen. Sie erblickte 2008 in Samara das Licht der Welt und genoss lange ein hohes Ansehen bei den russischen Streitkräften. Am häufigsten waren dabei Anti-Terror-Übungen, die Flugzeugentführungen simulierten und bei denen sie mehr als einmal den Verfolgern eine lange Nase drehen konnte. Grenzschutzflüge gehörten ebenfalls zu ihrem Aufgabenbereich.
Doch irgendwann schlug der radikale Klimaschutz auch hier zu. Russland wurde von den Europäern

und Amerikanern gezwungen, alle Fahr- und Flugzeuge mit fossilbasiertem Verbrennungsantrieb aus dem Betrieb zu nehmen und zu zerstören. Da die Russen dem nicht nachkamen, entsandte die VSE Sondereinsatzkommandos, die mittels Anschlägen nachhalfen. Darüber wäre es beinahe zum dritten Weltkrieg gekommen.

Skyla hatte mehrere dieser Attacken erleben müssen, die Verletzungen daraus waren noch immer sichtbar und schmerzten gelegentlich. Als Klimaschädling gebrandmarkt, befand sie sich seitdem auf der Flucht, bis sie auf Komodo traf und mit ihm zusammen ihre Rebellion ins Leben rief.

Ein gigantischer Schlag erschütterte die Antigone und schleuderte Kira auf den Boden. Sie hatte Glück, denn das Schott riss aus dem Rahmen und flog durch die Kabine.

Auf dem Weg zur gegenüberliegenden Wand teilte es Westerman sauber in zwei Hälften, bevor es in der Stahlwand stecken blieb. Der Feuerball, der dem Schott folgte, leckte über Kira hinweg und verbrannte die Menschen, die das Pech hatten auf den Beinen geblieben zu sein, schwer. Die glühende Lohe peinigte Kiras bloßliegende Haut. Der Unterdruck, der der explosiven Verpuffung folgte, schleuderte die Besatzungsmitglieder durch den Raum Richtung Tür, bevor sie zum Liegen kamen. Kira schnappte verzweifelt nach Luft. Nur langsam ersetzte die Klimaanlage die verbrauchte Luft und den fehlenden Sauerstoff. Heftig japsend versuchte die Wissenschaftlerin sich aufzurichten, als das gequälte Kreischen von brechendem, überbeanspruchtem Stahl das Schiff durchschrillte. Auf einmal bekam der Boden Schlagseite.

„Verdammt!", schrie Kira und ihr schwindelte. „Das scheiß Schiff sinkt!"

„Wir müssen hier raus!", antwortete ein Mann schreiend. Die Panik ließ seine Stimme quietschen. Kira hörte ihn trotzdem nur wie durch eine Wand. Das Barotrauma durch die Explosion schien ihr Gehör und ihren Gleichgewichtssinn angegriffen zu haben. Sie richtete sich wankend auf und zerrte den Mann mit sich zum Schott. Auf dem Weg griff sie sich eine Schwimmweste von der Wand. Die allumfassende Verwüstung um sie herum, auf den Gängen des Schiffes, die Toten, Verletzten, Verstümmelten um sie herum, machten den Weg zu den Rettungsbooten zu einem Gang durch die Hölle. Immer noch schlugen Artilleriegeschosse der Rebellenschiffe in die Panzerung des sinkenden Schiffes, immer noch antworteten vereinzelt letzte Geschütze der Antigone.

Kira und ihr Gefährte erreichten einen Evakuierungspunkt an Deck. Die Rettungsboote und Rettungsinseln trieben bereits im Wasser, während immer weniger Überlebende von Bord gingen.

„Los, Mann!", schrie Kira ihren Begleiter an. „Runter mit Ihnen!"

Der verängstigte Kerl sprang die Luftdruckrutsche nach unten und landete im Wasser neben einer Rettungsinsel. Kira blickte sich ein letztes Mal um.

Um sie herum ging das Schiff seinem feurigen Tod entgegen. Rauch stand schwer und schwarz in der eiskalten Luft der Antarktis und Flammen leckten über das Schiff. Die in der Mitte fast vollständig zerbrochene Antigone sank. Wasser flutete Deck um Deck und ertränkte Opfer und Kämpfende, Seemänner und Soldaten. Das Wasser machte keinen Unterschied. Ein letztes Mal feuerten die schweren Geschützbatterien der Antigone, dann verstummten auch sie. Kira wandte sich ab von dem Höllenschiff, ab von dem Grauen und der Zerstörung und wollte gerade in Sicherheit springen, als eine gewaltige Explosion allen Schmerz und allen Schrecken von ihr nahm.

Kira erwachte. Sie zitterte wie Espenlaub, ihre Arme und Beine waren wie schwere Klötze ohne Gefühl. Eine allumfassende Taubheit hatte von ihr Besitz ergriffen, als sie die Augen aufschlug und sich treibend in der eisigen, antarktischen See wiederfand. Sie konnte noch nicht allzu lang im Wasser sein, denn sonst wäre sie bereits erfroren.

„Seltsam", dachte sie und wunderte sich, „ich hatte immer so viel Angst vor dem Tod, vor dem Schmerz des Sterbens, doch jetzt fühle ich rein gar nichts." Sie schloss die Augen und ließ sich treiben. Alles Schwere war von ihr genommen. Sie hatte bis jetzt nicht gewusst, dass sie bereit sein würde. Doch nun war sie es. Der Tod kam wie ein alter Freund und sein Schatten legte sich über sie. Ein Schatten?

Kira Hanuffson riss die Augen auf. Neben ihr ragte ein Schiffsrumpf empor. Eine Leine mit einem Rettungsring daran schlug neben ihr auf der Wasseroberfläche auf. Träge bewegte sie Arme und Beine und griff danach. Kaum hatte sie es geschafft den

Ring überzustreifen, als sie schon emporgerissen wurde und aus dem Wasser, aus dem Tod hinauf in eine ungewisse Zukunft flog.

"Willkommen auf der Heathrow", begrüßte ein Soldat Kira, während er sie mit Leichtigkeit über die Bordwand hievte, sich drehte und sie dann sanft an Deck absetzte, bevor er nach dem nächsten Schiffbrüchigen griff. Noch immer trieben etliche im Wasser und mussten so schnell wie möglich heraufgeholt werden, denn auch im antarktischen Sommer betrugen die Wassertemperaturen kaum mehr als zwei bis drei Grad Celsius.

Der Kapitän des Schiffes, Leon Klink, koordinierte die Rettungsaktion und versuchte, unter dem Meer aus Köpfen Kapitän Brandon ausfindig zu machen. Als er ihn nicht fand, schaute er mit Entsetzen auf die Reste der brennenden Antigone. Dort stand Brandon, völlig durchnässt und offenbar auch verwundet, wie er immer noch mehreren Leuten von Bord half. Diejenigen, für die es keine Rettungsboote mehr gab, mussten zuletzt ins Wasser springen und so schnell wie möglich zu einer Rettungsinsel schwimmen. Als alle von Bord waren, stieg auch Brandon ins eiskalte Nass. Seine Wunden behinderten ihn stark und er kam kaum vorwärts. Da erblickte er einen Schatten unter sich.

"Na warte, so nicht!", knurrte er, holte tief Luft und tauchte. Tatsächlich befand sich die Baphomet 1 unter ihm. Er klammerte sich an dem U-Boot fest, zog eine Granate aus der Tasche und entsicherte sie. „Wenn ich schon zur Hölle fahren muss, nehme ich dich Mistding mit", dachte er. Er zählte bis zehn, dann gab es einen Lichtblitz, gefolgt von einer gewaltigen Explosion. Brandon, den es in zwei Hälften zerrissen hatte, sah die Trümmer der Baphomet 1 zu Boden sinken und lächelte, ehe auch er wie eine ausgeblasene Kerze erlosch.

Klink musste alles mit ansehen und erschauderte. Auch wenn nun das elende Drohnenboot erledigt war, schmerzte ihn Brandons Verlust sehr. Beide kannten sich seit ihrer gemeinsamen Zeit bei der Marineakademie und hatten schon so manche Militäraktion zusammen geleitet. Tiefer Hass flutete sein Gehirn und er schwor sich, die Rebellen dafür bluten zu lassen. Er steigerte sich in seine Rachefantasien regelrecht hinein und malte sich aus, wie er diesen Gletscherlutscher von Komodo nackt an einen Mast band und von Möwen fressen ließ. Skyla hingegen würde er seinen Männern überlassen, auch wenn er nicht einmal wusste, wie sie überhaupt aussah.

Kapitän Komodo beobachtete die Rettungsaktion mit seinem Fernglas und murmelte dabei leise vor sich hin. Albena trat neben ihm. "Kapitän, soll ich das letzte Schiff auch versenken lassen?"

"Nein. Lassen wir sie abhauen", erwiderte er.

Albena wunderte sich über seine Gewissensbisse, denn sie und auch Skyla hätten, ohne zu zögern, den Knopf gedrückt. Aber vielleicht änderten ihre nächsten Worte etwas.

"Ich empfange keine Signale mehr von der Baphomet 1. Wie es aussieht, wurde sie zerstört."

"Wir bleiben hier", sagte Komodo mit Nachdruck. "Denn nur hier können wir die Topographie zu unserem Vorteil nutzen. Abgesehen davon könnte ein Besuch in der Werft nicht schaden."

Schließlich befanden sich alle Überlebenden an Bord der Heathrow, die damit heillos überfüllt war. Klink rang mit sich, ob er den Kampf fortsetzen oder lieber den Abzug befehlen sollte. Er entschied sich für Letzteres und ließ das Schiff aus der Gefahrenzone steuern. Dabei wunderte es ihn, dass die Rebellen ihm nicht folgten, sondern ihrerseits abdrehten.
Plötzlich gab es ein unschönes, knarrendes Geräusch. "Was zum Teufel war das?", schrie er.
Ein Maschinist schlug sichtlich blass die Hacken zusammen. "Käptn, die Maschine ist hinüber. Wir kommen hier nicht mehr weg."
"Verdammter Mist!", tobte Klink. Nun mussten sie gezwungenermaßen ans Ufer. Aber vielleicht gab es ja die Möglichkeit, die Rebellen auf dem Landweg anzugreifen.

Zur selben Zeit im Berliner Reichstag: Im Hauptsitz des Waterproof-Konzerns und gleichzeitig dem Parlament der Vereinigten Staaten von Europa fand gerade eine hitzige Debatte statt.
Der Konzernchef und gleichzeitige Kanzler der VSE, Cyprian Mittelstädt, stand gerade am Pult und hielt eine flammende Rede.
"Wir dürfen es nicht länger zulassen, dass unsere Sammler in der Antarktis bedrängt werden. Wir

müssen endlich etwas gegen diese Rebellen unternehmen, die das Überleben unserer Nation gefährden. Schlimm genug, dass die Amerikaner uns aus der Arktis vertrieben haben."

"Erobern wir sie zurück!", kam eine Forderung von hinten.

Mittelstädt hob die Hand, um die Aufmerksamkeit wieder auf sich zu ziehen. Gleichzeitig antwortete er dem Rufer. "Das ist momentan nicht im Rahmen unserer Möglichkeiten. Die Antarktis bietet weitaus mehr Süßwasser, daher sollte die Bekämpfung der Rebellen oberste Priorität haben."

"Und wenn die Amerikaner auch dort auftauchen?", fragte ein anderer.

„Werden sie sicherlich nicht so schnell. Schließlich erlitten auch sie in der Seeschlacht vor Grönland herbe Verluste. Solange sie in den arktischen Gewässern ungestört abbauen können, werden sie uns fürs Erste in Ruhe lassen. Aber wir sollten uns nicht zu lange darauf verlassen. Kommen wir also nun zu den wichtigsten Punkten."

Er gab einem Techniker ein Zeichen, worauf dieser eine Fernbedienung hervorholte und auf dem Holointerface herumtippte. Sofort aktivierte sich der Holoprojektor an der Decke. In wenigen Sekunden erschien das Bild, es zeigte den antarktischen Kontinent.

Mittelstädt machte eine Handbewegung, worauf das Bild heranzoomte und nur noch einen Teil der Antarktis zeigte. Darauf wurden mehrere, farbige Punkte sichtbar.

„Das ist der Osten des Kontinents. Hier befinden sich die ehemaligen russischen Stationen Wostok und Mirny. Wir gehen davon aus, dass die Eispiraten sie als Basis nutzen. Leider können wir nicht auf Satellitenbilder zurückgreifen, da sie offensichtlich einen Störsender nutzen."

Der Kanzler drehte sich zu den anderen um und vollführte eine theatralische Geste.

„Die Rebellenbasis zu finden und auszuradieren ist von dringlichster Wichtigkeit, insbesondere da der antarktische Sommer seinem Ende zugeht."

Mittelstädt wandte sich wieder dem 3D-Holobild zu, auf dem nun drei Gesichter und ein leeres Feld erschienen. „Das sind die Rädelsführer", erklärte er und wies mit dem Laserpointer auf das Bild ganz links, auf dem ein Mann mittleren Alters zu sehen war. Er hatte volles, braunes Haar und trug eine Narbe über dem linken Auge. „Das ist Franz Pratzenberger, der sich jetzt Komodo nennt. Er stammt aus Österreich und ist der Kapitän des Zerstörers Firestar, eines russischen Fabrikats, welches massiv aufgerüstet wurde."

Er zeigte auf den Mann neben Komodo, der rötlichblondes Haar und einen Vollbart derselben Farbe aufwies. „Das ist Dr. Danil Michailowitsch Cosack, ein Russe. Einst Eisforscher, schulte er zum Maschinenbauer um. Er baute die Firestar um, erschuf autonome Unterseeboote und man munkelt, dass er auch Kampfroboter herstellt. Unser Einsatzteam wird höchste Vorsicht walten lassen müssen."

Das nächste Gesicht gehörte einer jungen Frau in ihren frühen Zwanzigern. Sie trug einen knallroten

Irokesenschnitt, während die Seiten raspelkurz und schwarz gefärbt waren.

„Albena Varuna, Bulgarin. Arbeitet als Steuerfrau auf der Firestar und gilt als eiskalte Taktikerin."

Das letzte Feld war leer. „Von Person Nummer vier haben wir leider kein Bild. Ihr Name ist Skyla und stammt dem Akzent nach wie Dr. Cosack aus Russland. Sie ist die oberste Anführerin und hat zusammen mit Komodo die Eispiraten ins Leben gerufen. Aussehen und Alter sind vollkommen unbekannt. Wahrscheinlich verwendet sie sogar eine Art Stimmenverzerrer, so dass ihre Worte mechanisch klingen."

Unbemerkt von den übrigen Personen, verließ eine Abgeordnete den Sitzungssaal.

Hauptmann Björn Hagelstolz lümmelte in seinem Sitz an Bord des WEI Flugzeugs Flug Nr. 20345/Omega und trank Tomatensaft. Neben ihm saßen seine Teammitglieder. Ein paar schliefen, andere beschäftigten sich mit Lesen oder kleinen Handheld-Konsolen. Es war kalt im Frachtraum des Airbus A570M, was Hagelstolz aber nicht störte. Er trug einen dicken, weißen Digital-Tarn-Schneeanzug. Die Kleidung saß bequem und war für extrem niedrige Temperaturen gedacht. Dabei setzte der Anzug aus Polymerkautschuk und teflonbeschichtetem Kevlar 2 nicht nur auf eine passive Wärmedämmung, sondern auf eine aktive, über PCE-Polymer Akkumulatoren versorgte, aktive Wärmeerzeugung. Diese ermöglichte Einsatzzeiten von bis zu zwei Wochen im härtesten Klima. Für die meisten Beschussarten war der Anzug undurchdringlich. Zudem war er dank der Ditial-Tarn Technologie optimal an seine Umgebung angepasst. Viele kleine optische Sensoren übertrugen ein angepasstes Bild auf den Anzug, so dass der Träger beinahe unsichtbar blieb. Das Ausrüstungsstück kostete fast ein Vermögen, war aber, besonders aus dem Repertoire der Spezialeinheiten, nicht mehr wegzudenken.

Ein Alarmsignal weckte Hagelstolz. Er musste eingenickt sein. Wie jeder gute Soldat der Spezialeinheiten der Vereinigten Staaten von Europa, sie waren Nachfolger der SAS und KSK, beherrschte Hagelstolz die Kunst, praktisch immer und überall ein Nickerchen zu halten. Er streckte sich und weckte den Rest seines Teams, als der Co-Pilot den Frachtraum betrat.

„Wir sind fast über dem Zielgebiet", sagte der Leutnant der Luftwaffe der WEI. „ETA fünfzehn Minuten. Es ist null achthundert Uhr morgens. Die Sonne scheint, aber wir überfliegen gerade ein antarktisches Tiefdruckgebiet. Es wird also am Boden schneien und stürmen. Machen Sie sich bereit."

„Also gut, Leute. Ihr kennt den Plan.", befahl Hagelstolz und löste die Gurte, die ihn sicherten. Die Soldaten des Spezialkommandos überprüften sich und ihre Ausrüstung gegenseitig, dann legten sie ihre HALO-Ausrüstung an. Die Rucksäcke der Männer und Frauen waren über fünfzig Kilo schwer und enthielten einiges an Ausrüstung. Fallschirme und Helme mit Gesichtsschild komplettierten die Liste.

Das rote Licht, das die Öffnung der Heckklappe ankündigte, jagte einen Adrenalinschub durch den Blutkreislauf der Soldaten. Die Heckklappe gab langsam den Blick auf das antarktische Tiefdruckgebiet frei. Weiß auf weiß waren nur wenige Kontraste zu sehen. Hagelstolz hob die Hand und die Kämpfer drehten ihre Sauerstoffflaschen, die auf der Brust hingen, auf. Dann wechselte das rote Signallicht zu Grün und Hagelstolz gab seinem Team das Zeichen zum Absprung. Einer nach dem anderen warfen sich die Soldaten in die minus dreißig Grad kalte Luft. Nachdem der letzte gesprungen war, rannte Hagelstolz die Rampe hinab und überließ sich dem freien Fall. Sie stürzten aus dem Himmel, aus der matten Sonne des antarktischen Sommers in den Schneesturm unter ihnen. Die Sicht betrug genau Null, es waren keine Konturen erkennbar, keine Maßgabe für das Auge, um sich zu orientieren. Die einzige Orientierungsmöglichkeit die Hagelstolz besaß, waren der Kompass und das Altimeter an seinem Arm. Während er aus fünfzehn Kilometern Höhe herabfiel, überprüfte er alles noch einmal und hielt sich dann das Altimeter vor den Gesichtsschild, um den Zeitpunkt zur Öffnung des Fallschirmes nicht zu verpassen.

Trotz des rauschenden Windes erfüllte ihn die Ruhe des Falls mit Friedlichkeit. So war es immer, die Ruhe vor dem Kampf, die Stille inmitten der abyssalen Vernichtung des modernen Krieges. Dann zeigte der Höhenmesser die richtige Zahl und er riss an der Leine. Über ihm entfaltete sich der Schirm und bremste seinen Fall abrupt ab. Mit knapp über-

lebbarer Geschwindigkeit segelte er der Landung auf dem Eis der Gletscher des Königin-Marie-Landes entgegen.
Dann kam der Boden.

Gleich nachdem die Seeschlacht endete, ließ Skyla das Holodisplay hochfahren. Sie verließ den Hangar und startete, um die Küste abzufliegen. Dabei hielt sie sowohl nach weiteren Kampfeinheiten, als auch nach Walfängern Ausschau. Zwei mittelgroße Kutter näherten sich. Entweder wollten sie nach verwertbaren Resten aus dem Kampf suchen oder tatsächlich Wale jagen.
Sie fuhren ohne eine Landesflagge, da sich in diesen Zeiten kaum noch jemand um allgemeines Seerecht scherte. Skyla ging tiefer und da waren sie zu erkennen, die am Bug montierten Harpunenkanonen. Immer noch dieselbe antike Technik.
„Na wartet, ihr Wichtelhirne!", knurrte sie und donnerte im Tiefflug auf die in schlichtem grabsteingrau gestrichenen Kähne zu. Skyla nahm genau Maß und rasierte die erste Harpunenkanone mit der Flügelspitze ab. Ein wütendes Geschrei einer unverständlichen Sprache erklang hinter ihr, die Besatzung hastete wie Ameisen auf LSD an Deck herum.
Der zweite Kutter drehte bei und richtete die Waffe auf sie. Als Skyla erneut auf sie zuraste, feuerten sie. Die Harpune prallte an ihrer Außenhaut ab, allerdings blieb das Seil hängen, was zur Folge hatte, dass nun auch die zweite Kanone aus dem Sockel gerissen wurde. Skyla vollführte mehrere

40

Dutch Rolls, um das Ding loszuwerden. Nach dem dritten Versuch fiel es ab und krachte genau in den Kommandostand des Schiffes. Der nun steuerungsunfähige Kahn schipperte genau auf einen Eisberg zu und rammte diesen.

„Die Titanic verloren im Meer...“, grölte Skyla lautstark und drehte ab, um zur Mirny-Basis zurückzukehren.

Das Wetter war unterdessen umgeschlagen. Ein heftiger Schneesturm tobte, so dass sie den Boden nicht sehen konnte. Stattdessen erkannte sie etwas anderes. In großer Entfernung nahm sie ein anderes Flugzeug wahr, welches sich rasch entfernte. Irgendetwas stimmte hier nicht. Es half nichts, sie musste durch das Unwetter hindurch, da ihr Radar nichts anzeigte. Langsam ging sie in den Sinkflug, durchbrach den dicken Wolkenschleier und fuhr das Fahrwerk aus.

„Jetzt schnell aufsetzen, nachschauen was Phase ist und danach sofort durchstarten“, sagte sie zu sich selbst. Der eisige Wind peitschte die Graupel tausenden Nadeln gleich auf ihre Windschutzscheibe, auf den Rumpf und die Flügel. Ekelhaftes Wetter, welches sie aber gewohnt war. Da kam der Boden in Sicht, ihre Instrumente zeigten ihr die noch verbliebene Höhe an. Die thermische Enteisung verhinderte, dass sich Eis an den Tragflächen oder dem Leitwerk absetzen konnte. Skyla drosselte nun die Geschwindigkeit und schwebte wenige Meter über den Boden. Niemand war zu sehen, allerdings gab es Spuren im Schnee. Zudem erblickte sie zwei Eisbären, die sich seltsam verhielten. Wie als wäre jemand anwesend, aber nicht sichtbar. Die Tiere besaßen jedoch einen enorm guten Geruchssinn, der eine Tarnung schnell unwirksam machte.

„Verdammt, Eindringlinge im Anmarsch!", rief Skyla und ließ ihre drei Triebwerke laut aufheulen, um rasch wieder an Höhe zu gewinnen. Komodo und seine Mannschaft mussten gewarnt werden.

Die Firestar war in die Werft zurückgekehrt, die im Eis angelegt war und geschlossen werden konnte. Hier sollte das Leck repariert werden, außerdem wollten sich einige Crewmitglieder eine Entspannung gönnen. Da meldete sich Komodos Interkom.

„Skyla? Was ist?", fragte der Österreicher.

„Bewaffnete Schülerlotsen im Anmarsch. Sie sind getarnt, daher ist deren Anzahl unbekannt."

Komodo seufzte. „Leute, es gibt keine Pause. Wir werden angegriffen."

Während Albena an Bord der Firestar blieb, um den Zerstörer aus einer eventuellen Gefahrenlage zu bringen, zogen die anderen Schneetarnkleidung an und stiegen auf mit Schnellfeuergewehren bewaffneten Schneemobile. Dann brausten sie los, Komodo an der Spitze. Vor der Mirny.Basis marschierten zur gleichen Zeit mehrere Laufdrohnen auf. Sie waren etwa fünfzig Zentimeter groß, gingen auf vier Beinen und trugen jeweils eine Maschinenpistole. Zudem besaßen sie die Fähigkeit, sich in die Luft zu sprengen. Sie bildeten die erste Verteidigungslinie.

Björn Hagelstolz richtete sich auf. Die Landung war hart gewesen, das Eis der Gletscher gab keinen Deut nach. Um ihn herum tanzten die Schneeflocken in der örtlichen, recht friedlichen Niedrigwindzone. Doch würde die Atempause innerhalb des Schneesturms nur kurz dauern, das wusste der Hauptmann aus Erfahrung. Er aktivierte die auf einer abgeschirmten Frequenz sendenden Interkoms, während er sich des Fallschirms und der Sauerstoffversorgung entledigte. Sein auf das Glas des Gesichtsschilds projiziertes Head-Up Display zeigte ihm eine Karte des Gebiets, mitsamt eingeblendeter Positionen seines Teams. Sie waren über ein zwei Kilometer durchmessendes Gebiet verteilt. „Sammeln!", befahl er kurz angebunden. Je weniger Funkverkehr es gab, desto geringer die Chance abgehört oder entdeckt zu werden. Sein Team und er hatten im Vorfeld Sammelpunkte und Taktiken abgesprochen, sodass jetzt ein einziges Wort genügte, um das Vorgehen zu koordinieren. Die Sammelstelle lag von seiner jetzigen Position knapp viereinhalb Kilometer entfernt. Inmitten des Schneesturms, der einem jede Sicht nahm, eine sportliche Strecke. Die Entfernung bis zur Mirny-Basis betrug etwa zwanzig Kilometer.
Der Elitesoldat überprüfte seine Ausrüstung und marschierte los, hinein in das Grau in Grau des Schneesturms.

Kira Hanuffson ging über das Deck der Heathrow, zwischen den Überlebenden des desaströsen Seekampfes hindurch. Verletzte und Sterbende zwischen frierenden, zitternden Menschen umgaben sie. Soldaten hasteten durch die Menge und jeder schien genau zu wissen, wo er hinwollte. Nur Kira wusste es nicht. Erschlagen von den Ereignissen, ging sie mechanisch zwischen dem Leiden hindurch. Es berührte sie nicht, ebenso wenig wie der Verlust ihrer Daten sie berührte. Das waren einfache Tatsachen, die man so hinzunehmen hatte. Da halfen kein Klagen, kein Betteln und kein Verhandeln. Sie als Wissenschaftlerin war es gewohnt, sich auf neue Tatsachen einzustellen und mit den Gegebenheiten zu arbeiten. Ein Soldat lief an ihr vorbei und sie hielt ihn am Ärmel fest.

„Was ist passiert?", fragte sie.

„Verzeihung, ich habe keine Zeit." Der Mann hastete weiter.

Kapitän Klink überblickte die Lage. Während die letzten Überlebenden des Gefechts geborgen wurden, arbeiteten die Mechatroniker der Heathrow verbissen an der Wiederherstellung der technischen Anlagen. Der auf Wasserstoffbrennstoffzellen beruhende Antrieb des modernen WEI Schiffes hatte einen schweren Maschinenschaden im Getriebe erlitten. Ein Soldat vom technischen Team der Heathrow salutierte vor ihm.

„Ja?", knurrte Klink.

„Kapitän", begann der Mechatroniker, „wir haben den Schaden lokalisiert und eingegrenzt. Das Getriebe wurde mit Polymerkleber sabotiert. Um den Antrieb wiederherstellen zu können, müssen wir das Getriebe komplett zerlegen, den Kleber abtragen, es reinigen und wieder zusammenbauen. Eine

44

Arbeit, die bei Doppelschichten mindestens vier Tage beanspruchen wird. Im Prinzip müssten wir in eine Werft."

Klink nickte dem Mann zu. „Gut, fangen Sie an. Ich will so schnell wie möglich wieder seetüchtig sein." Der Techniker salutierte und ging dann schnellen Schrittes zurück an die Arbeit.

„So", murmelte Klink und rieb sich den Bart, „wir haben also Saboteure an Bord. Eine interessante Entwicklung."

Björn Hagelstolz versammelte sein Team um sich. Sie hatten einen anstrengenden Marsch von zwanzig Kilometern durch die harsche Eiswüste der Antarktis hinter sich und benötigten erst einmal eine kleine Verschnaufpause.

„Wir rasten und essen etwas", befahl der Hauptmann und holte einen Konzentratriegel aus seiner Tasche. Der Riegel hatte einen Energiewert von fast 1000 kcal und war speziell auf die Bedürfnisse einer hinter feindlichen Linien operierenden Einheit abgestimmt. Hagelstolz spülte den letzten Bissen mit einem Schluck Wasser hinunter. Die anderen taten es ihm gleich.

„Gut", sagte er dann, „wir gehen nach Plan Sieben Gamma vor. Erkunden und sichern."

Sein Team nickte und zog wieder die Gesichtsschilder hoch. Nun waren die Kämpfer nur noch durch die Spuren im Schnee erkennbar. Sie schlichen voran, die Arctic Fist II von Heckler&Koch im Anschlag. Die Basis war nur noch knapp einen

Kilometer entfernt, als sie auf die äußere Verteidigungslinie trafen.

Eine Reihe von Laufdrohnen patrouillierte den Parameter der Basis. Die kleinen, fiesen Waffen waren knackige Gegner, sofern man nicht um ihre Schwachstellen wusste. Außerdem waren sie der Beweis dafür, dass sie den Rebellenabschaum gefunden hatten. Hagelstolz öffnete einen Funkkanal. „Laufdrohnen voraus. Wärme aus. Ihr wisst was zu tun ist.“

Hagelstolz selbst schlich sich an die Drohne vor ihm heran. Sein Schneeanzug hatte die aktive Heizung abgeschaltet und gab sich nun größte Mühe, seine Infrarotkennung zu verbergen. Der Hauptmann erreichte die fünfzig Zentimeter hohe Maschine und kniete vorsichtig nieder. Die Mistdinger waren manchmal mit einem Selbstzerstörungsmechanismus ausgestattet, der ihn bei einer falschen Bewegung zerfetzen würde. Hagelstolz zog den tragbaren EMP-Chip aus der Tasche an seiner Brust. Das scheckkartengroße Gerät erzeugte einen kraftvollen elektromagnetischen Puls, der innerhalb von einem Meter alle nicht abgeschirmten elektrischen Systeme lahmlegte. Und, dass eine Wegwerfwaffe wie die Laufdrohne geschirmte Systeme besaß, war doch eher unwahrscheinlich. Hagelstolz legte den Chip vorsichtig auf die Drohne und aktivierte ihn. Ein leises Summen ertönte und das Gerät fiel deaktiviert in sich zusammen. Hagelstolz schlich weiter, hinein in die Basis, als einige Dutzend Meter links neben ihm, eine Explosion durch die arktische Luft donnerte.

46

„Scheiße!", erklang eine Stimme im Interkom.

„Ruhe", befahl der Hauptmann. „Verluste?"

„Ja, Mesemann hat's erwischt", bestätigte die gleiche Stimme.

Hagelstolz unterdrückte einen Fluch und befahl dann: „Weiter vorrücken. Seid vorsichtig, sie wissen jetzt, dass wir kommen."

Skyla hatte Glück, dass die Soldaten nicht auf sie schossen. Entweder sie hatten sie nicht bemerkt, oder aber ihr als Passagiermaschine keine Bedeutung zugemessen. Zwar war sie als Tupolew Tu-154 grundsätzlich für den Linienbetrieb geeignet, flog aber von Anfang an für die russischen Streitkräfte und kannte sich daher in diesen Strukturen aus. Dazu kam, dass in der heutigen Zeit, insbesondere in Europa, kaum noch große Flugzeuge existierten. Nur das Militär setzte sie noch ein. Die aktuelle Generation wuchs mit kleinen Elektrofliegern auf, die sich nur die Wohlhabenderen leisten konnten. Für den großen Rest wurde Fliegen wieder das, was es vor mehr als anderthalb Jahrhunderten gewesen war - ein unerreichter Menschheitstraum. Skyla war klar, dass sich die Menschen nicht kontinuierlich weiterentwickelten, sondern ihre Entwicklung eher eine Sinuskurve darstellte. Ein Auf und Ab, mal vorwärts, dann wieder rückwärts. Wirklich eine seltsame Spezies.

Somit nahm sie an, dass die meisten Leute noch nie eine Tu-154 gesehen hatten und nicht wussten, ob sie über Waffen verfügte. Ihre spindelförmigen Gondeln an den Tragflächen, in die während des

Fluges das Hauptfahrwerk eingezogen wurde, konnten von Laien durchaus für ein Raketensystem gehalten werden. Skylas einzige Bewaffnung bestand aus einer Batterie Täuschkörperwerfer, die sie noch während ihrer Militärzeit erhalten hatte.

Die Tupolew zog es ohnehin vor, ihre massiven Räder oder den Jet Blast ihrer Triebwerke gegen einzelne Gegner einzusetzen oder aber lieber zu fliehen.

Noch einmal überflog sie das Schneefeld, ehe sie in Richtung Mirny-Basis aufbrach. Dort landete sie und begab sich hinter den Hangar, um zu tanken.

Das Tanksystem startete vollautomatisch, da Skyla es nicht mochte, wenn Menschen ihr zu nahe traten. Eine Drohne auf Ketten fuhr heran und führte den Schlauchstutzen in die dafür vorgesehene Öffnung an der rechten Tragfläche ein. Dann spürte sie, wie das Kerosin, ihre Nahrung, in ihre Tanks floss.

Nach dem Betanken rollte Skyla direkt zum Gebäude, wo bereits ein Roboter auf sie wartete. Er war humanoid, trug eine weißblaue Rüstung mit einem Abzeichen, welches die Zahl 154 enthielt, und einen Ninjastern auf der Stirn. „Shadow Blade meldet sich zum Dienst", salutierte der Androide.

Skylas Miene hellte sich auf. Endlich hatte Dr. Cosack den ersten der Robo-Master fertiggestellt. Gut sah er aus, schneidig und kraftvoll. Kurz demonstrierte er der Tupolew seine enorme Agilität, sprang bis zu vier Meter hoch und bewegte sich geschmeidig wie eine Eisläuferin. Dann stellte er sich vor Skyla und zwei Drohnen traten neben ihn. Sie ähnelten den Laufdrohnen, waren jedoch weiß lackiert und trugen keine Maschinenpistolen, sondern Sägeblattwerfer.

„Versteckt euch, bis die Nacht beginnt!", befahl Skyla.

Sie selbst bezog Stellung hinter einem verlassenen Gebäude und achtete dabei darauf, dass der Wind von vorne kam, damit man ihre auf Leerlauf geschalteten Triebwerke nicht gleich hörte.

Komodo und seine Mannschaft erreichten unterdessen einen Hügel, stoppten und schauten hinunter. Trotz der Tarnung der feindlichen Soldaten waren ihre Fußspuren deutlich in dem frischen Schnee zu erkennen, zumal das Unwetter nachließ.

„Die halten sich wohl für schlau, was? Wir warten, bis die Laufdrohnen ihnen ordentlich eins auf die Mütze geben, danach greifen wir an."

Einer von Hagelstolzs Soldaten, Faustus sein Name, ließ sich beim Laufen etwas zurückfallen und blickte immer wieder nach oben. Trotz des Sturmes war eindeutig ein hochfrequentes, kreischendes Geräusch zu vernehmen. Das musste er sofort melden. Der Hauptmann hatte gerade eine der Laufdrohnen außer Gefecht gesetzt. Plötzlich sprang eine zweite Drohne heran und war im Begriff das Feuer zu eröffnen. Faustus reagierte schneller, riss seine Waffe hoch und schoss das Ding schrottreif.

„Sir ...", begann er, noch außer Atem. „Irgendetwas flog vorhin über uns, ich hab es genau gehört."

Hagelstolz nickte Faustus zu.

„Ja Soldat, ich habe es auch gehört und gesehen. Eine Tupolew 154M hat uns überflogen. Aber wir brauchen uns keine Gedanken zu machen, unsere Tarnung ist undurchdringlich. Außerdem hat uns der Flug gezeigt, dass wir mit der Annahme, dass die Rebellen in der Mirnystation sitzen, richtig lagen. Weiter vorrücken."

Laufdrohne XK 1473 marschierte durch den ständig abflauenden Wind. Ihre Sensoren scannten den Perimeter im Infrarot und Radarbereich. Die billigen, chinesischen Computersysteme hatten einige Schwierigkeit mit der Verarbeitung der eingehenden Daten, aber die von Dr. Cosack erstellte KI war hochintelligent und extrem selektiv, zudem konnte sie beliebig vervielfältigt werden. Die Sensoren von XK 1473 nahmen etwas wahr. Die KI nahm eine Risikobewertung und ein Acquired Accumulation Assessment, eine Triple A Einschätzung der Lage, vor und eröffnete das Feuer. Die Maschinenpistole mit dem Gurtmagazin schoss Triplets, mit einer halben Sekunde Feuerpause dazwischen, auf das angenommene Ziel.

Faustus, nachdem er dem Hauptmann von seiner Sichtung erzählt hatte, von der dieser natürlich schon wusste, arbeitete sich weiter vor. Plötzlich begann eine der feindlichen Maschinen auf ihn zu feuern. Faustus machte sich keine großen Sorgen, denn für alles unter einem Kaliber Fünfzig Geschoss war der Kampfanzug undurchdringlich. Die Kugeln trafen zu Dutzenden, er verspürte jedoch nur ein leichtes Zupfen. Er ging in die Knie, legte an und schoss mit seiner Arctic Fist II zurück. Die mit abgereichertem Uran modifizierten Projektile schlugen mit vernichtender Präzision in die Drohne ein.

Laufdrohne XK 1473 wurde durchgeschüttelt. Große Löcher taten sich im Gehäuse der Maschine auf und die KI traf binnen Attosekunden eine Entscheidung. Die Servos heulten auf, als die Drohne von jetzt auf gleich in volle Beschleunigung überging und auf den feindlichen Soldaten zu rannte. Geschosse durchschlugen die Maschine, ein Bein wurde abgetrennt, doch die KI kompensierte und rannte mit maschineller Hartnäckigkeit weiter.

Faustus schoss weiter auf die Laufdrohne, als diese zu einem Spurt ansetzte und die Entfernung zwischen sich und dem Soldaten rapide verkürzte. Dem Kämpfer blieb keine Zeit zur Reaktion, als die Maschine ihn erreichte und ihm praktisch in die Arme sprang. Die Detonation von zwei Kilo C4 II Sprengstoff zerfetzte Faustus und sorgte für blutroten Schnee.

Hauptmann Hagelstolz wurde von der Wucht der Explosion in den Schnee niedergeworfen. Sein Anzug hielt Schrapnell als auch Druckwelle von ihm ab, zudem war er weit genug entfernt gewesen. Unverdrossen richtete er sich wieder auf und sah wie nun alle Laufdrohnen das Feuer auf ihn und sein Team eröffneten. Gleichzeitig setzten sie zu einem Selbstmordsprint auf die Soldaten an. Hagelstolz vergegenwärtigte sich blitzschnell die Situation. Er schätzte, dass ein halbes Dutzend dieser fiesen Geräte auf sie zustürmten.

„Feuer!", befahl er mit kalter Stimme und legte an. Kugelstürme durchschnitten die Luft, als beide Seiten anfingen zu schießen.

Komodo und seine Leute beobachteten, wie das Schlachtfeld entbrannte. Nacheinander gingen sechs Laufdrohnen in die Luft. Komodo erspähte durch seinen Feldstecher, wie die Maschinen mit ihrem Selbstmordangriff blutige Ernte hielten, und gab seinen Mitstreitern den Befehl zum Angriff. Die Motoren der Schneemobile heulten auf. Mit stotternden MGs schossen die Fahrzeuge den Hügel hinab, direkt auf die Feinde zu, die sich durch ihr Mündungsfeuer verrieten.
Hagelstolz wurde von Kugeln getroffen, die sein Schutzanzug jedoch abhielt. Der Hauptmann orientierte sich neu, denn die Einschläge kamen nicht aus der Richtung, aus der die Laufdrohnen attackiert hatten, sondern von der Seite. Ein halbes Dutzend Schneemobile mit wild aufblitzenden Geschützen stürmten auf ihn und den Rest seiner Männer zu. Der Hauptmann legte an, zielte und schoss. Das erste Fahrzeug überschlug sich, als Fahrer und Schütze von den Geschossen der WEI Soldaten getötet wurden. Ein wildes Gefecht begann, bei dem mehr und mehr Feinde fielen, bis schließlich nur noch zwei Schneemobile übrig blieben.
Komodo fluchte, als er sein Gefährt aus der Gefahrenzone lenkte. Trotz des Drohnenangriffs waren offenbar genug Feinde übrig, um ihm und seinen Männern, die nicht den Vorteil einer zighunderttausend Eurodollar teuren Tarnanzugstech-

nologie besaßen, empfindliche Verluste beizubringen. Der Österreicher und rechte Hand von Skyla ging hinter einem Hügel in Deckung und aktivierte sein Interkom. Es wurde Zeit für die schweren Geschütze.

Zwei humanoide Mechs stampften durch den Schnee auf die Kampfzone zu. Sie trugen schwere Panzerungen und waren mit den modernsten Sensoren ausgerüstet, die die Japaner konstruieren konnten. Sie beherrschten die Verarbeitung von Konturenabfragen, die einzige Möglichkeit, die Tarntechnologie der Feinde auszuhebeln.

Mech 1, der Eiserne Ritter, scannte die Kampfzone und eröffnete mit seinem Kaliber Fünfzig Autogeschütz das Feuer auf Feinde und Dinge, die wie Feinde aussahen. Menschen verwandelten sich in Blutwolken, als sie von den Geschossen zerfetzt wurden.

Hagelstolz blieb ruhig. Das taktische HUD zeigte ihm, dass er von seiner Truppe noch gut die Hälfte besaß. Sie waren in einen Hinterhalt geraten. Aber noch hatte man sie nicht besiegt.

„Raketenwerfer!", befahl er über Interkom und die beiden mit SMART-RAK-Systemen ausgerüsteten Soldaten nahmen die beiden schwergepanzerten Mechs ins Visier. Heulend flogen die intelligenten Raketengeschosse auf die Kampfläufer zu und schlugen mit vernichtender Gewalt in die Rumpfpanzerung ein.

Innerhalb kürzester Zeit färbte sich der frischgefallene, blütenweiße Schnee blutrot und verwandelte die Gegend in ein Leichenhaus. Dort, wo nicht mehr gekämpft wurde, machten sich Eisbären über die Fleischreste her und hielten ein Festmahl. Maschinenteile hingegen wurden von einer automatischen Sammeldrohne aufgelesen, denn verschwendet wurde nichts. Alles war wiederverwertbar und konnte zum Bau neuer Kampfeinheiten herangezogen werden. Auch die Überreste aus den Seeschlachten wurden gesammelt und zu Dr. Cosacks Labor gebracht.

Komodo hatte bis auf Soldatin Erza alle seine Mitstreiter verloren und hoffte, dass die Mechs die Wende brachten. Sie stammten nicht von Dr. Cosack, sondern waren auf Skylas Betreiben hin den Japanern gegen Trinkwasser abgeluchst worden. Zwei Stück an der Zahl besaßen sie, bemannt mit jeweils einem Soldaten, der die Maschine via neuronales Interface direkt über Gehirnimpulse steuerte.

Schon bald standen sie unter schwerem Beschuss. Raketen schlugen mit ohrenbetäubendem Lärm ein, es regnete Funken und Metallsplitter. Zielten die WEI-Soldaten anfangs auf den Körper, änderten sie alsbald ihre Taktik und feuerten jetzt auf die Beine der Mechs. Das brachte den gewünschten Erfolg. Ächzend sank der erste der Kampfläufer auf seinen Hintern, unfähig, weiterzugehen.

Komodo fluchte. Wie es aussah, hatte er die Feuerkraft der Angreifer völlig unterschätzt. Wenn die Mechs erledigt waren, gab es nur noch eine einzige Verteidigungslinie, bevor sie die Basis und damit auch Skyla erreichten. Er wagte es sich gar nicht auszumalen, was passierte, wenn die Feinde dahinterkamen, dass es sich bei der Anführerin der Rebellen um ein selbstbewusstes Flugzeug handelte.

Skyla verfolge das Geschehen über ein Holodisplay, das an einer fliegenden Drohne hing. Langsam zog die Dämmerung auf. Es war März und der antarktische Sommer ging seinem Ende entgegen. Schon bald würde es eisig und dunkel werden.
Ein schabendes Geräusch ließ sie aufmerken. Kurz darauf blinkte auch das Alarmsignal am Display.
„Anzeigen!", befahl sie und ein Hologramm, welches von einer der Aufklärungsdrohnen stammte, erschien. Es zeigte mehrere zerlumpte Männer, die auf dem Eis herumkrochen und versuchten, einige Stücke herauszubrechen.
"Die kommen wie gerufen", sagte sie zu sich selbst. Gerade jetzt, wo die Verteidigung bröckelte.
Zwar dürfte der Kampfwert der Kerle kaum höher liegen als der eines Kleinkindes mit Rassel, aber in der Not fraß der Teufel eben Fliegen. Sie mussten die europäischen Soldaten nur lange genug hinhalten, bis die Nacht hereinbrach. Dann würde die Stunde von Shadow Blade schlagen.
Skyla rollte den Männern langsam entgegen und fuhr Triebwerk eins und drei herunter, um sich besser unterhalten zu können. Jetzt erkannte sie auch, dass es sich um Asiaten handelte und die Harpune, die einer der Kerle trug, brachte sie auf die richtige Spur. Es waren die Walfänger von vorhin. Am liebsten würde sie die Typen unter ihren Rädern zerquetschen, aber leider benötigte sie sie als Kanonenfutter.

„Ihr braucht Wasser, hab ich Recht?“, fragte die Tupolew in englischer Sprache.

Der mit der Harpune schaute verwundert zu der vor ihm stehenden Maschine. Hatte sie zu ihnen gesprochen? In seiner Heimat Japan waren autonome Fahr- und Flugzeuge allgegenwärtig, die auch reden konnten. Somit schreckte es ihn nicht.

Dann aber verfinsterten sich seine Züge. „Warte mal, du bist doch ... du hast unser Schiff versenkt!“ Wutschnaubend schleuderte er die Harpune auf die Tupolew und traf sie kurz hinter der Nase.

„Aua!“, knurrte Skyla, gab etwas Schub und stieß den Kerl mit dem Bugrad um, jedoch ohne ihn zu überfahren. Sie wollte es noch einmal auf die honigsüße Art versuchen. Ihre Strafe erhielten die Kerle sowieso, das war bereits vorgeplant.

„Hört zu“, begann sie. „Bei euch ist doch das Wasser knapp, oder?“ Sie wusste, dass Japan genau zwischen den beiden großen Wasserkonzernen stand und von ihnen schon öfter gegen den jeweils anderen aufgehetzt wurde, um die Preise hochzutreiben. So litt auch in diesem hochtechnisierten Land ein Großteil der Bevölkerung an häufigem Durst, da das kostbare Nass rationiert war.

„Aber hier gibt es genug davon. Ihr könntet damit groß herauskommen, wenn ihr das Eis nehmt und bei euch zuhause verkauft. Dann wärt ihr reich.“

Mit Geld zu locken klappte fast immer, jedenfalls begannen die Augen der Männer zu glitzern. Zudem lag eine fast hypnotische Kraft in Skylas Stimme, die sogar den Harpunenwerfer besänftigte.

„Allerdings gibt es ein Problem“, sprach sie weiter. „Soldaten der Wasserkonzerne sind hier und versuchen, auch noch das letzte bisschen Land an sich zu reißen. Sie sind nicht sehr stark bewaffnet.“ Das war die Untertreibung des Jahrhunderts, aber das mussten die Kerle ja nicht wissen. Wie Skyla erwartete, schluckten die Männer den Köder. Der Harpunier verriet sogar seinen Namen. Shin.
„Wir brauchen Waffen. Hast du welche?“, fragte dieser.
„Natürlich. Folgt mir.“ Skyla führte die Männer zu einem schuppenartigen Gebäude, in dem mehrere alte Kalaschnikows und einige Granaten lagen. Die Walfänger nahmen die Waffen an sich und Skyla wies sie an, mehrere Schneehöhlen zu graben, in denen sie Hagelstolzs Leuten auflauern sollten. „Da vorne in etwa fünfhundert Metern Entfernung sind sie. Ihr könnt sie nicht sehen, aber sehr wohl ihre Spuren im Schnee. Die Tarntechnik haben sie übrigens von euch geklaut.“
Sie selbst brachte sich rasch aus der Gefahrenzone und konnte sich ein halblautes Kichern nicht verkneifen. Ein Blick zum Himmel verriet ihr, dass es noch etwa eine Stunde bis zum Einbruch der Nacht dauerte.

Kira Hanuffson verbrachte Zeit an Deck der Heathow. Die Sonne neigte sich im Westen tief über die Gletscher und warf rosarote Bahnen über den Himmel und auf die vereinzelten Wolken darin. Ein eisiger Wind war aufgekommen und sie fröstelte in ihrem Parka und der Schneehose. Doch rührte das

Frieren nur zum Teil von den antarktischen Temperaturen her. Vielmehr machte ihr eine seelische Kälte zu schaffen. Sie überblickte das Deck der WEI Heathrow und bemerkte hier und da die Überreste von menschlichem Blut. Die Panzerung des Schiffes war vernarbt und verrußt von den Einschlägen der Geschosse. Dunkle Schlieren überzogen die hellgraue Farbe. Dann trat jemand zu ihr. Es handelte sich um Anjulie Miller, eine Assistentin des wissenschaftlichen Teams der Antigone. Kira war froh, dass sie überlebt hatte. Sie mochte die kleine, dunkelhäutige Engländerin mit pakistanischen Wurzeln. Anjulie rieb sich die in Handschuhen steckenden Hände und blies ihren Atem weiß in die eisige Luft.

„Kalt heute", sagte sie unbestimmten Blickes, der in die Ferne schweifte.

„Ja, aber heute Nacht war es schlimmer", murmelte Kira und ihre Hände verkrampften sich um die Reling. In der Nacht waren viele der Verletzten gestorben und den ganzen Tag über hatte es Seebegräbnisse gegeben. „Warum sind wir nicht auf dem Weg zurück nach Hause?"

„Nun ich habe gehört, Gerüchte natürlich nur", flüsterte Anjulie, „dass es einen Saboteur an Bord gibt."

„Was?", fragte Kira entsetzt und blickte Anjulie in die braunen Augen.

„Ja, aber leise. Es wird nur hinter vorgehaltener Hand darüber gesprochen."

„Nun, dann hoffe ich, dass sie den oder die Drecksau schnell erwischen." Wut klang in der Stimme von Kira mit.

„Jaha", machte Anjulie. „Jaha."

Stewart Joe Pinkgelman betrat die Kombüse der Messe 1 der Heathrow. Die Köche legten letzte Hand an das Abendessen der Offiziere und waren ganz in die Zubereitung von mehreren Dutzend Crèmes brûlée vertieft. Joe blickte sich kurz um, doch niemand achtete auf einen weiteren weiß gekleideten Hilfskoch. Er ging zu dem zwanzig Liter Topf mit Suppe, der auf dem Herd vor sich hin köchelte und schüttete den Inhalt eines kleinen Fläschchens hinein. Kaum war seine Tat vollbracht, als auf einmal zwei Paar starke Arme die seinen ergriffen.

„Hab ich dich", erklang hinter ihm eine zufrieden klingende Stimme. Die beiden Militärpolizisten drehten Joe um. Vor ihm stand Joel de la Rue, der Chefsicherheitsoffizier der Heathrow.

„Was war das?", fragte er mit einem Blick auf den Topf.

„Nur ein kleiner Tropfen Mandelöl, Leutnant de la Rue", antwortete Joe. „Für den Geschmack."

„Ha, eher wohl ein anderes Derivat der Mandel. Zyankali, wenn ich recht vermute. Nun gut." Der Leutnant nickte den beiden Bootsmännern zu. „In die Arrestzelle mit ihm. Und durchsucht ihn gründlich."

„Jawohl, Herr Leutnant", antworteten die beiden Schränke in Menschengestalt und schleppten Joe fort.

„Und ihr", wandte sich de la Rue an die Köche, die das Ganze mit großen Augen verfolgt hatten, „die Suppe wurde vergiftet. Werft sie weg!"

Kapitän Klink saß mit strenger Miene an seinem Tisch. Vor ihm stand der gefesselte Joe Pinkgelman und neben ihm der juristische Beistand.
„Und hiermit beantrage ich, obwohl die Schuld des Gefangenen erwiesen ist, die Aufschiebung des Urteils bis zur Rückkehr in den Heimathafen der Heathrow", erklärte der Verteidiger gerade. Der Kapitän überlegte. Dann schien er einen Entschluss gefasst zu haben und legte seine großen, vernarbten Hände flach vor sich auf den Tisch. „Nein. Wir werden ihn gemäß Seekriegsrecht verurteilen und die Strafe vollstrecken. Das bin ich unseren Männern und Frauen schuldig."
„Ich protestiere", brachte der Verteidiger hervor. „Ich war nicht in der Lage dem Gefangenen ein ordentliches Gericht zu verschaffen. Dies ist im höchsten Maße moralisch fragwürdig."
„Nun protestieren Sie so viel Sie wollen." Der Kapitän stand auf. „Joe Pinkgelman, Gefreiter der Seestreitkräfte der Vereinigten Staaten von Europa, Sie sind angeklagt der Sabotage in Kriegszeiten und des versuchten, heimtückischen Mordes an den Offizieren und Besatzungsmitgliedern dieses Schiffes. Gemäß Seekriegsrechtstatuten Paragraph 35 und 57 Absatz 2a, verurteile ich Sie hiermit rechtmäßig zum Tode durch Erschießen. Des Weiteren entkleide ich Sie ihres Ranges und aller militärischen Ehren. Die Strafe wird morgen früh, acht Uhr Bord-

zeit, vollstreckt. Schafft den Gefangenen zurück in seine Zelle."

Kira und Anjulie drängten sich, zusammen mit den restlichen Besatzungsmitgliedern auf dem Hauptdeck der Heathrow. Der Kapitän des Schiffes hatte sie alle her zitieren lassen und sie fragte sich, was so wichtig war, dass es die Anwesenheit aller an Bord erforderte.
Dann wurde ein Mann ohne Uniform und mit auf den Rücken gefesselten Händen an Deck geführt. Zwei Bootsmänner sicherten ihn mit einem Paar Handschellen an der Reling des Vorderdecks. Fünf Soldaten mit Maschinengewehren betraten das Deck, stellten sich in einer Reihe auf und warteten auf Kapitän Klink. Dieser erschien sogleich und erhob die Stimme.
„Gemäß des Urteils wegen Sabotage und versuchtem, heimtückischen Mord an den Besatzungsmitgliedern dieses Schiffes, werden Sie, Joe Pinkgelman, hiermit Kraft des mir verliehenen Rechts des Seekriegsrechtes erschossen. Legt an!"
Die Soldaten taten es.
„Feuer!", befahl Klink und die Maschinengewehre streuten Kugeln durch den Gefangenen. Blutrote Blüten sprießten auf der Brust des Mannes auf und er sackte in sich zusammen.
„Werft ihn über Bord!", kam der Befehl des Kapitäns und zwei Bootsmänner lösten die Handschellen und hievten den Saboteur über die Reling.

Björn Hagelstolz kauerte in einem kleinen Schneeloch und überblickte die Lage. Die Sonne sank und noch lebten sieben Mitglieder seines Teams. Sie hatten den Angriff der Mechs zurückgeschlagen und jetzt würden sie dieses Rebellenpack endgültig ausräuchern. Gerade wollte er den Befehl zum letzten Angriff geben, als ein halbes Dutzend abgerissener Gestalten über den Schnee auf sie zustürmten. Sie trugen alte Kalaschnikows und einer warf tatsächlich eine Granate, die harmlos irgendwo im Nirgendwo explodierte.

„Die armen Irren", murmelte Hagelstolz und gab dann den Befehl zum Angriff. Zwei kontrollierte Salven zerfetzten vier der Männer und die restlichen zwei warfen sich in den Schnee.

„Vorwärts!", befahl Hagelstolz. „Rottet sie aus."

Die Mitglieder des Sondereinsatzkommandos rückten vor und erledigten die beiden Männer, die verzweifelt im Eis nach Deckung suchten. Dann warf die Sonne ihre letzten Strahlen über den Himmel und ging unter. Dämmerung senkte sich über das Schlachtfeld und zunehmend legte sich eine tiefe Finsternis über die Eislandschaft.

„Sehr gut", flüsterte Hagelstolz. „Das kommt ja wie gerufen." Dann rief er über das Interkom: „Männer, wir nutzen die Dunkelheit. Infrarot an. Lasst uns diese Basis dem Erdboden gleich machen."

Shin sah seine Männer einen nach dem anderen wie Fliegen fallen und langsam beschlich ihn der Gedanke, dass die Tupolew sie böse verschaukelt hatte. Die Gegner waren mitnichten nur leicht bewaffnet. Ganz im Gegenteil. Deren Feuerkraft erledigte

selbst die mächtigen Mechs, gerade eben sackte der Zweite mit einem schauerlichen Knirschen in sich zusammen.
Was sollte er jetzt also tun? Sich ergeben? Kam nicht in Frage. Er würde sein Gesicht verlieren.
Er kramte in seinen Taschen, konnte aber kein Messer oder etwas Vergleichbares finden, um sich selbst zu richten. Da entdeckte er neben einer Leiche eine noch nicht entsicherte Granate. Für einen Moment stellte er sich vor, wie er das Ding diesem verfluchten Flugzeug in eines der verdammten Triebwerke warf. Dafür müsste er allerdings über das Schlachtfeld rennen und das würde er nicht überleben. Da war es besser, den Schritt ins Jenseits selbst zu tun. Shin legte sich flach auf den Boden und kroch vorwärts, um den Sprengsatz einzusammeln. Er entsicherte die Granate, steckte sie unter seine Jacke und kniete sich hin, den Kopf hoch erhoben. Er schloss die Augen und zählte in Gedanken seine letzten Sekunden. Es knallte laut und der Mann wurde in zwei Hälften zerrissen, die durch die Explosion davonflogen. Der Oberkörper landete direkt neben Hagelstolz und für einen Moment blickten sie sich in die Augen
. „Diese...blöde...Tup....“, krächzte der Japaner, ehe sein Kopf zurücksank und sein Lebenslicht erlosch, die anklagende Grimasse noch immer auf den Hauptmann gerichtet.

Skyla kümmerte es nicht, dass die Walfänger quasi zu Sushi verarbeitet wurden, stattdessen wartete sie gespannt auf das Erwachen der Nacht. Die Sonne war längst versunken, allerdings dauerten die Dämmerungsphasen hier in den polaren Gebieten länger als üblich und die Entfernung zwischen ihr und den feindlichen Soldaten wurde mit jeder Minute kürzer. Zudem war sie in deren Infrarotbrillen leicht auszumachen, da ihre Triebwerke massiv Wärme abstrahlten.

Sie drehte sich um und richtete ihre Turbinen zu den Gegnern aus, um mit dem Abgasstrom ordentlich Schnee aufzuwirbeln. Schnell sank die Sichtweite für die Soldaten gen Null, was Komodo und Erza ausnutzten und ihr Feuer eröffneten. Die Europäer schossen zurück und ein wildes Gefecht begann.

„So leicht kommt ihr nicht davon", brummte der Österreicher, als er einen der Feinde abknallte, erkennbar daran, dass plötzlich Blut wie aus dem Nichts sprudelte und die Spuren im Schnee chaotischer wurden.

Ein heller Schrei neben ihm ließ ihn aufschrecken. Er wandte den Kopf und sah, wie Erza mit einer riesigen Brustwunde zusammensackte.

„Scheiße!", fluchte er. Die Soldatin stöhnte noch kurz, ehe sie verstarb. Komodo kam erst gar nicht dazu, Erste Hilfe zu leisten, so schnell ging es. Jetzt war er der Letzte, doch ans Aufgeben dachte er in keiner Weise.

Die nautische Dämmerung setzte ein und die Himmelsfarbe wechselte zu einem tiefen Blau, welches immer dunkler wurde. Einer der WEI-Soldaten hatte sich erfolgreich durch den künstlichen Schneesturm gekämpft und suchte Deckung hinter einer

64

Baracke. Immer wieder linste er um die Ecke und versuchte zu erkennen, wer hier so einen Wirbel veranstaltete. Seine Infrarotanzeige war ihm dabei keine große Hilfe. Er erkannte zwar drei mehrere Meter lange Gebilde, die an etwas noch Größerem befestigt schienen, konnte jedoch nichts mit der Information anfangen. Wahrscheinlich handelte es sich um eine Windmaschine.

Jetzt schlich er zur anderen Seite und dort immer an der Wand entlang, dem kreischenden Geräusch entgegen. Schließlich erblickte er Skyla in ihrer vollen Größe. Die aufgehenden Sterne und sogar die Milchstraße spiegelten sich auf ihrem Rücken.

„Also das gibt es doch nicht.", murmelte er. Ein Flugzeug, aber das Muster kannte er gar nicht. Das Cockpit war dunkel, es saß also niemand drin, dennoch liefen die Triebwerke und erzeugten diesen Sturm. Wie konnte das sein? Agierte die Maschine etwa autonom?

Rasch besann er sich wieder. Das Ding gehörte zu den Eispiraten, war also unverzüglich auszuschalten. Er richtete seinen Raketenwerfer auf sie, doch bevor er abdrücken konnte, zischte ein extrem scharfer Ninjastern heran und durchtrennte seine Waffe, die damit unbrauchbar wurde.

„Was zur Hölle?" Der Soldat drehte sich um und sah sich einem humanoiden Roboter gegenüber. Das letzte, was er mitbekam, war das Aufblitzen eines weiteren Shurikens, ehe er einen kurzen Schmerz am Hals verspürte, gefolgt von einem Luftzug. Dann wurde es schwarz um ihn.

Shadow Blade nickte zufrieden und sammelte seine Waffen wieder ein, ehe er mit einem Satz auf das Dach der Baracke sprang. Skyla stoppte unterdessen das Aufwirbeln des Schnees und brachte sich rasch aus der Gefahrenzone, um dem Robo Master freie Bahn zu gewähren. Dieser scannte den Boden und erkannte sehr schnell die Angreifer, war aber als Androide eher schwierig via Infrarot auszumachen. Der Androide nahm den nächsten Soldaten ins Visier, die Klinge schoss mit hoher Geschwindigkeit auf ihn zu und trennte ihm wie auch schon dem Kerl zuvor die Rübe von den Schultern.

Jetzt kam Panik unter den WEI-Männern auf, da sie den Gegner nirgends sehen konnten, seine Ninjasterne jedoch allgegenwärtig schienen. Sie schossen wild in der Gegend herum, doch Shadow Blade bewegte sich extrem agil und vermied es so getroffen zu werden. Erneut blitzte seine Klinge auf und der nächste Soldat war Geschichte. So ging es die ganze Zeit weiter und der Tod hielt reiche Ernte, bis zuletzt nur noch zwei Männer übrig waren, Hagelstolz und ein Gefreiter.

Skyla, die das Ganze aus einiger Entfernung beobachtete, jubelte. Dr. Cosack hatte sich bei diesem Androidenkrieger selbst übertroffen und dabei war es erst der Erste. Schon träumte sie davon, irgendwann einmal eine ganze Armee aus Robotern zu befehligen.

Hauptmann Björn Hagelstolz lag in der Deckung eines großen Eisbrockens. Neben ihm kauerte der Gefreite Siebeck.

„Hauptmann, was machen wir denn jetzt. Der unbekannte Feind hat alle anderen getötet."
„Ruhig bleiben, Siebeck" sagte der Hauptmann zu dem Gefreiten. „Besinne dich auf dein Training. Die Situation ist kritisch, aber nicht aussichtslos."
Der Gefreite atmete tief durch, dann wandte er sich an seinen Teamführer:
„Ich könnte den Feind umgehen und ihn von hinten angreifen. Dann hätten wir ihn in der Zange."
Hagelstolz überlegte kurz, bevor er schließlich antwortete:
„Nein, wir ziehen uns zurück. Wir müssen von den Vorfällen hier berichten, uns neu formieren und dann erneut angreifen."
Siebeck ließ sich das Gesagte kurz durch den Kopf gehen, dann schien er zu einem Entschluss zu kommen und nickte. „Ok."
„In Ordnung, wir rücken ab, schnell, leise und sauber", befahl Hagelstolz.
Die beiden Elitekämpfer zogen sich, jede mögliche Deckung ausnutzend, in die Dunkelheit der Polarnacht zurück. Es schlugen weiterhin die Ninjasterne des unbekannten Angreifers um sie herum ein und Siebeck wurde am Arm verwundet. Doch dann hörte das Bombardement auf. Nachdem sie zwei Kilometer weit gekommen waren, befahl Hagelstolz den Stopp.
„Gut, da die Feinde ja jetzt so oder so von uns wissen, können wir auch Kontakt zum Kommando aufnehmen", erklärte der Hauptmann und zog das satellitengestützte Smartkom aus der Ausrüstungstasche.

Er aktivierte es und gab eine zehnstellige Identifikationsnummer ein. Dann öffnete er einen Kanal zum Kommando Spezialkräfte der WEI- Streitkräfte.

„Theta 23873 meldet sich nach Feindkontakt. Die Mirny-Basis ist tatsächlich der Unterschlupf der Eispiraten. Die Basis der Rebellen ist schwer bewacht und gut geschützt. Ich vermelde den Verlust des gesamten Teams, bis auf Hagelstolz und Siebeck. Wir haben uns zurückgezogen und warten auf Extraktion. Kommen, Kommando.“

Sie warteten. Dann meldete sich eine tiefe Männerstimme.

„Theta 23873, Extraktion nicht möglich. Bewegen Sie sich innerhalb der nächsten zwei Tage zu folgenden EPS- Koordinaten und gehen sie an Bord der WEI Heathrow. Wir melden Sie an.“

„In Ordnung, Kommando. Verfahren wie befohlen.“ Hagelstolz deaktivierte das Smartkom und stecke es ein. Dann wandte er sich an Siebeck.

„Wie schlimm ist die Verletzung, Soldat?“

„Schon ordentlich, Hauptmann. Ich glaube es geht bis auf den Knochen runter.“

„Wir versorgen die Wunde. Arm freilegen.“ Hagelstolz holte das minimalistische Erste-Hilfe-Päckchen aus seiner Ausrüstung, während Siebeck den Ärmel hochkrempelte. Hagelstolz schüttete Desinfektionsmittel über die Wunde, tupfte alles mit einer Bandage trocken und sprühte dann Kunsthautpflaster darüber, um die Verletzung zu versiegeln und eine Infektion zu verhindern. Siebeck packte den Arm wieder ein und Hagelstolz verstaute seine Ausrüstung.

68

„Sehr gut“, sagte er und warf einen Blick auf den Kompass am Handgelenk. Das EPS-System zeigte ihm, wo sie sich befanden. „Das wird ein harter Marsch. Das sind über fünfzig Kilometer Luftlinie, was das in diesem Gelände bedeutet, brauche ich dir nicht zu sagen, Siebeck. Machen wir uns auf den Weg.“

Hagelstolz half dem Verletzten auf die Füße. Dann schaltete er seine LED-Stirnlampe ein und sie liefen los.

Sie umgingen die unzähligen Eis- und Gletscherspalten und stolperten über den unebenen Untergrund vorwärts. Der einzige Vorteil, den das Gelände aus Schnee und Eis bot, war, dass das Licht ihrer Lampen hervorragend reflektiert und zurückgeworfen wurde. Somit war die Sicht in der Finsternis der antarktischen Nacht hervorragend. Schließlich machten die beiden erschöpften Soldaten eine Pause und aßen ein Paar Konzentratriegel. Dann schluckte jeder noch eine Aufputschpille aus dem Sortiment an Einsatzdrogen und weiter ging der Marsch. Mittlerweile ging die Sonne auf und rosa Strahlen überzogen den Himmel. Das grelle Licht der Sonne nötigte Hagelstolz und Siebeck, die Gesichtsschilder abzusenken, damit die integrierte Polarisation eine Schneeblindheit verhinderte. Der Tag verging im dauernden Knirschen des Eises unter ihren Stiefeln und die monotone Landschaft wurde nur dank Kompass und EPS nicht zur Falle für die beiden Soldaten. Die Sonne ging bereits wieder in ihrem Rücken unter, als sie schließlich das Meer erreichten.

Hagelstolz und Siebeck überprüften die Koordinaten. Sie waren an der richtigen Position. Also hieß es nun warten.

Klink ging durch die Korridore seines Schiffes. Die Heathrow war ein hypermoderner leichter Kreuzer und als solcher für die Aufgaben des Geleitschutzes in den antarktischen Gewässern hervorragend geeignet. Natürlich konnte sich das Schiff nicht gegen einen schweren Kreuzer oder gar ein Schlachtschiff behaupten, aber denen konnten sie zusammen mit dem Sammlerschiff auch einfach davonfahren. Nur, dass es kein Sammlerschiff mehr gab. Genau so wenig wie den Verband. Sie waren komplett auf sich gestellt. Zähneknirschend durchschritt er das letzte Schott und befand sich nun im gigantischen Maschinenraum. Der Wasserstoffmotor und das Getriebe, die Herzstücke der Heathrow, glänzten sauber und machten einen hervorragenden Eindruck. Das konnte man von den Mechatronikern und Ingenieuren, die um die Maschinen herum wuselten, nicht behaupten. Schmutzig und abgerissen, voller Schmiere, Öl und anderem, wirkte die müde Truppe alles andere als vorbildlich. Doch Klink wusste, dort wo gearbeitet wurde, wurde man auch dreckig, und die Maschinenraummannschaft hatte eine wirkliche Herkulesaufgabe gestemmt.
Der Chefingenieur der Heathrow, Leutnant McMillen, bemerkte Klink und kam auf ihn zu. Er wischte sich seine Hände an der Uniform sauber und salutierte dann.

„Grüße Sie, Kapitän. Wir sind gerade fertig geworden und wollten die Süße eben wieder anschmeißen. Was sagen Sie dazu?"

Klink schmunzelte: „Was ich dazu sage? Hervorragende Arbeit Mann! Wirklich hervorragend."

Der Ingenieur wurde ob des Lobes gleich fünf Zentimeter größer. Dann drehte er sich um und sagte zu seinen Männern:

„Also Ladys, dann wollen wir sie mal wieder anschmeißen. Hopp Hopp."

Einer der Mechatroniker aktivierte an einem Computertablet die Maschine und mit einem satten Surren sprang der Wasserstoffmotor an. Das Getriebe gab, wie erwartet, keinen Ton von sich und übertrug den Schub konstant auf die Impeller des Schiffes. Der plötzliche Schub brachte Klink aus dem Gleichgewicht. Zufrieden grinsend wandte sich der Kapitän an die versammelte Mannschaft des Maschinenraums:

„Ausgezeichnete Arbeit, Leute. Ich bin sehr zufrieden. Nun gönnt euch eine Mütze voll Schlaf und auch eine Dusche. Ich lasse in der Kombüse etwas Besonderes vorbereiten."

Klink drehte sich um und verließ den Maschinenraum.

Kaum auf der Brücke angekommen, informierte ihn der Funker, dass eine Priorität Eins Sendung eingegangen wäre. Der Kapitän nickte dem Mann zu und setzte sich an seine Arbeitsstation. Mehrere Bildschirme umgaben seinen Sessel und informierten ihn über alles, was auf dem Schiff und rundherum vor sich ging. Er rief die Kommunikationssoftware auf und öffnete die gekennzeichnete Nachricht. Nachdem er sie gelesen hatte, grunzte er kurz und verfasste dann eine entsprechende Antwort. Diese schickte er ab. Nun wandte er sich an seinen Steuermann.

„Tim, wir müssen zu den Koordinaten, die ich Ihnen gleich herübersende. Machen Sie Dampf. Wir müssen zwei von unseren Männern abholen." Klink schickte dem Steuermann die EPS- Koordinaten und lehnte sich erst einmal zurück, um einen Schluck von seinem, inzwischen kalten Kaffee zu nehmen. Das waren interessante Entwicklungen.

Shadow Blade scannte die Umgebung, doch er stellte keinerlei feindliche Aktivität mehr fest. Sein Auftrag war also erfüllt und er kehrte zu Skyla zurück, die ihn bereits erwartete.

„Alle Gegner sind erledigt", berichtete der Roboter.

„Gut gemacht", lobte die Tupolew. „Jetzt sollten wir nachschauen, wer von unseren Leuten überlebt hat."

Sie wollte gerade losrollen, als sie Komodo bemerkte, der mit blutverschmierten, zerrissenen Klamotten durch den Schnee irrte. Sie rief ihm zu, worauf er zu ihr wankte.

„Ich bin der letzte Überlebende, alle anderen hat es erwischt", berichtete er außer Atem.

Skyla schnaubte und stieß einen obszönen Fluch aus. Sie zählten nicht einmal mehr eine Handvoll Kämpfer und mit Sicherheit würden es die europäischen Streitkräfte erneut versuchen. Ein Plan musste her, und zwar schnell.

„Ich werde unsere gefallenen Kameraden begraben und mich dann umziehen", erklärte Komodo.

„Okay", gab die Maschine zurück. Sie hielt das ganze Tamtam, welches die Menschen um ihre Toten veranstalteten, für reichlich übertrieben. Bei der Menge an Zweibeinern, die über die Jahrhunderte bereits gestorben waren, musste die Erde schon der reinste Friedhofsplanet sein. Mit anderen Tieren oder gar mit Flugzeugen gingen sie schließlich auch nicht gerade zimperlich um. Allerdings wollte sie ihrer rechten Hand nicht vor den Kopf stoßen und behielt ihre Gedanken daher für sich.

„Aber nur die eigenen. Die Gegner und die Walfänger bleiben als Futter liegen."

Komodo machte sich ans Werk und schuftete die ganze Nacht hindurch, um seine Mitstreiter unter Steinen und Eisbrocken zu beerdigen. Shadow Blade sammelte seine Klingen ein und säuberte sie mit Schnee. Skyla behielt die Umgebung im Blick und achtete besonders auf Eisbären. Die ersten näherten sich bereits, da die Menge an Blut und Leichen sie anlockte. Mit großem Appetit machten sie sich über die gefallenen Soldaten her.

„Beeile dich mal, Komodo. Hier beginnt gleich das Sieben-Gänge-Menü. Nicht, dass sie dich anknabbern", rief Skyla nach einer Weile.

„Hast du heute einen Clown gefrühstückt?", brummte er und schlurfte in Richtung Wohnbaracke. „Ich geh mich aufs Ohr hauen."

„Tu das. Ich werde die beiden Sägeblattdrohnen zur Wache abstellen." Als Nächstes beschloss sie, Dr. Cosack zu kontaktieren.

Der kam gleich zur Sache. „Wie hat sich Shadow Blade bewährt?", fragte er.

„Oh, sehr gut. Er hat ordentlich aufgeräumt. Aber leider haben wir bis auf zwei alle Kampfdrohnen verloren. Die Mechs waren auch nicht so der Bringer. Ich könnte also Nachschub gebrauchen", gab die Tupolew zurück.

„Ich kann noch einiges an Laufdrohnen zusammenstellen und vorbeischicken."

„Geht klar."

Skyla beendete das Gespräch und wandte sich den Eisbären zu, die sich an den Toten gütlich taten und sie sauber bis auf die Gerippe abnagten. Dabei kam ihr eine fiese Idee.

Wenn man die Knochen mit Drähten verband und Servomotoren anbaute, könnte man den Gegnern ihre eigenen Soldaten entgegenschicken. Das wäre eine bitterböse Überraschung. Tote konnten schließlich keinen Befehl verweigern und würden auch nicht aufgeben. Der Kampfwert wäre nicht sehr hoch, aber zur Abschreckung dürfte es reichen.

Skyla wartete, bis sich die Raubtiere vollgefressen verzogen, dann rief sie die Sammeldrohne zu sich und befahl ihr, die Skelette aufzunehmen und zu Dr. Cosack zu bringen. Vorher sprach sie noch eine entsprechende Nachricht auf den Speicher der Drohne, ehe diese sich an die Arbeit machte.

Die Nacht endete schnell und ging erneut in die nautische Dämmerung über. Komodo schlief noch, Shadow Blade hatte sich zu ihren Bugrädern niedergelassen und wartete auf neue Instruktionen.

Skyla fand, dass sie sich ebenfalls eine Pause gönnen sollte.

„Komm Shadow, gehen wir in den Hangar."

Der Roboter nickte, stand auf und lief voraus, die Tupolew rollte langsam hinterher. In der Halle angekommen, drehte sie sich um und schaltete alle drei Triebwerke, sowie die APU ab. So döste sie eine Zeit lang vor sich hin, während der Robo Master Wache hielt. Lange hielt Skyla die Ruhe jedoch nicht aus, da ihr immer wieder die Gefahr eines erneuten Angriffs vor Augen schwebte. So überlegte sie, wie sie die Basis sichern konnten. Als Komodo ziemlich verschlafen auftauchte, hatte sie sich bereits einen Schlachtplan zurechtgelegt.

„Guten Morgen, ihr zwei", begrüßte sie der Österreicher, ehe er sich etwas zu Essen machte. Vorräte waren genug vorhanden. Zwar bestanden diese aus Konserven, aber die sättigten genauso gut.

„Ich hätte mal wieder Lust auf frisches Obst", meinte Komodo kauend.

„Sicher, aber wo hernehmen?", erwiderte Skyla. „Nach Australien dauert es eine Weile und zurück noch mal so lange."

Komodo lächelte verschmitzt. „Vielleicht könnten wir dort auch neue Leute rekrutieren. Wasser ist ein knappes Gut in dem Land."

„Später vielleicht. Zuerst müssen wir die Basis befestigen. Die Kasper aus Europa werden wiederkommen, das spüre ich bis in die Flügelspitzen. Und wenn sie uns haben, dann werden sie erst dich umbringen, dann Shadow Blade und dann mich."

„Und dann?"

„Ja, dann sind wir tot."

„Was schlägst du also vor?", fragte Komodo. „Wir sind nur noch zu dritt, plus ein paar Drohnen."

„Wir müssen mit List arbeiten", entgegnete die Tupolew und begann dann, ihr Vorhaben in allen Einzelheiten auszubreiten.

Als es hell war, fingen sie mit der Arbeit an. Gräben mussten ausgehoben werden, wo Shadow Blades scharfe Klingen gute Dienste erwiesen. Die Eisblöcke wurden mit Schiffstauen an Skylas Hauptfahrwerk befestigt und sie zog die schwere Last mühelos weg. Verschiedene Fallen wurden errichtet und so justiert, dass kein Eisbär hineingeraten konnte. Überwachungsdrohnen behielten die Umgebung im Blick und verjagten die Raubtiere, wenn nötig. Skyla, Kommodo und Shadow ackerten den ganzen Tag bis in die Nacht hinein, ehe alles fertig war. Zeitgleich kamen die neuen Laufdrohnen an und wurden gleich mit in die Verteidigung integriert, ebenso die beiden Sägeblattwerferdrohnen.

Dann begaben sie sich zum Hangar zurück. Komodo aß etwas, wusch sich und legte sich hin. Shadow Blade betrat gleichwohl seine Aufladekammer und Skyla tankte noch einmal nach, ehe auch sie ins Gebäude rollte.

Die Sammeldrohne erreichte Cosacks Labor und der Doktor staunte nicht schlecht, dass sich neben den Metallresten auch menschliche Knochen im Behälter befanden. Als er Skylas Mitteilung abhörte, brach er in schallendes Gelächter aus. Die Maschine besaß genau denselben, tiefschwarzen Humor wie er selbst. Das gefiel ihm.

„Herrlich. Einfach brilliant." Immer noch lachend machte er sich ans Werk. Auch aus den Mech-Resten dürfte sich etwas Feines zaubern lassen.

Hagelstolz döste im Schnee, während der Gefreite Siebeck Wache hielt. Vor seinem geistigen Auge liefen die letzten Momente der Schlacht bei der Mirny-Basis ab. Dunkelheit, unbekannte Feinde in unbekannter Stärke, die seine Leute mit rotierenden Shuriken niedermetzelten. Eisbären, die die Feuerpausen nutzten, um sich am Fleisch der Gefallenen gütlich zu tun. Eiskalter Wind tief unter dem Gefrierpunkt heulte und übertönte das Schreien der Verwundeten und Sterbenden. Es war Stoff für ein Dutzend Alpträume. Hagelstolz, mit trainierter Leichtigkeit und mentaler Disziplin, die er durch langjähriges Training erreicht hatte, schob die schrecklichen Bilder beiseite und atmete tief durch. Dann begann er leise sein Schlachtmantra aufzusagen. Die konditionierten Reflexe, die dieses Mantra auslöste, sorgten dafür, dass sich sein Parasympathikus aktivierte, sein Körper sich entspannte und Adrenalin ausgefiltert wurde. Eine tiefgreifende Entspannung zusammen mit einem Nachlassen negativer Emotionen war die Folge. Nur so war es ihm möglich, während den tagelangen und wochenlangen Einsätzen kampffähig und geistig gesund zu bleiben.

„Hauptmann, ein Schiff!", riss ihn Siebecks Ausruf aus dem Dämmerzustand. Hagelstolz öffnete die Augen. Tatsächlich war am Horizont die Silhouette eines leichten Kreuzers auszumachen. Beständig kam dieser näher und nach nicht allzu langer Zeit, war das Schiff gut zu erkennen. Es trug die Narben und Zeichen einer intensiven Schlacht. Seine Kennung war die Heathrow. Ein Beiboot wurde zu Wasser gelassen und Hagelstolz stand auf.

„Na, da ist unsere Mitfahrgelegenheit ja", murmelte er und rieb sich mit den Handschuhen durch das Gesicht, um die Schläfrigkeit loszuwerden. „Siebeck, machen wir uns auf zum Eisrand, wir wollen unsere Kameraden doch nicht warten lassen."

Sie mussten einen verheerenden Anblick bieten, denn ihre Tarnanzüge waren auf normales, digitales Schneetarnmuster geschaltet. Sie waren zwar sichtbar, aber nicht gut zu erkennen, bis auf das Blut und den Schmutz. Die beiden Soldaten erreichten die Eiskante und warteten, bis das Beiboot längs ging. Ein halbes Dutzend Matrosen mit Gewehren erwartete sie und beäugten die beiden misstrauisch. Der Leutnant, der die Truppe anführte, rief: „Wer sind Sie? Namen und Identifikationsnummern bitte."

„Hagelstolz, 354K3384093 und Siebeck, 654N4958403", rief Hagelstolz zurück. Der Leutnant glich die Angaben mit einem Tablet ab und nickte dann zufrieden. Die Matrosen senkten die Waffen. „Na da habt ihr euch ja einen schönen Tag für einen Spaziergang im Schnee ausgesucht. Darf ich fragen was ihr hier macht?", fragte er dann.

„Fragen dürfen Sie, Leutnant", schmunzelte Hagelstolz, „nur wenn ich Ihnen das erzähle, muss ich Sie danach leider umbringen. Sie verstehen schon. Operative Sicherheit und so. Mir bleibt da leider keine Wahl."

„Sonnenklar", antwortete der Bootsführer. „Jetzt kommen Sie erstmal an Bord, dann besorgen wir Ihnen etwas zum Anziehen und einen heißen Kaffee. Wie klingt das für Sie?"

„Sehr schön", meldete sich Siebeck zu Wort. „Aber wenn Sie heiß sagen, meinen Sie dann richtig superkritischer Zustand heiß, sodass der Kaffee wortwörtlich spontan in einen dampfförmigen Aggregatszustand übergehen kann? Oder eher so normal heiß?" Siebecks Miene ließ keinen Zweifel daran, was er bevorzugen würde.

Der Leutnant lachte: „Wir haben super heißen Kaffee. Der putzt Ihnen die arktischen Temperaturen aus dem Gedärm. Ein Matrose hat mal so einen getrunken, ohne vorher zu pusten und jetzt hat er eine künstliche Zunge samt Speiseröhre. Also wir kriegen Sie schon warm."

„Hervorragend!", meinte Hagelstolz und er und der Gefreite gingen an Bord des Beibootes der Heathrow.

Als die beiden Soldaten endlich versorgt waren, kam der Bootsführer zu Klink und berichtete ihm von den Neuankömmlingen. Der Kapitän murrte etwas in seinen Bart hinein. Diese Geheimniskrämerei sogar den engsten Verbündeten gegenüber ging ihm gewaltig gegen den Strich. Kein Wunder, wenn sie in diesem Krieg auf keinen grünen Zweig kamen. Dem abgerissenen Zustand der beiden Kämpfer zufolge musste es eine sehr heftige Schlacht gewesen sein.

In der Mirny-Basis schien alles ruhig. Skyla schaute sich gerade eine Tiersendung auf dem Kontrollholodisplay an, als sich Dr. Cosack meldete. „Hey Skyla. Hast du nicht Lust, bei der Produktion deiner neuen Soldaten zuzuschauen? Außerdem habe ich etwas herausgefunden, was ich dir gerne zeigen möchte.“

„Bin unterwegs“, antwortete sie und startete ihre Triebwerke. Schnell rollte sie aus dem Hangar auf die Startbahn, gab vollen Schub und hob ab. Der Flug zum Labor dauerte nur wenige Minuten. Nach der Landung rollte sie zu dem mit etlichen Drohnen bewachten Gebäude. Die Maschinen erkannten ihre Arbeitgeberin und ließen sie problemlos passieren. Ein großes Tor öffnete sich und die Tupolew manövrierte in die Halle hinein, die mit allerlei Apparaturen vollgestopft war, aber noch genug Platz für ihren massigen Körper bot. Während sie die Triebwerke herunterfuhr, ließ sie ihren Blick umherschweifen und entdeckte mehrere Roboter, die in verschiedenen Stadien der Fertigstellung in alkovenähnlichen Vorrichtungen standen.

Der Doktor kam Skyla mit einem Lächeln im Gesicht entgegen, in der Hand hielt er einen dicken Stofffetzen mit einer kreditkartengroßen Apparatur. „Schau dir das mal an“, meinte er und betätigte ein winziges Bedienfeld. Sofort wurde das Stoffstück nahezu unsichtbar, nur die Umrisse waren noch zu erkennen. „Das ist die Tarnvorrichtung der Feinde“, erläuterte Dr. Cosack der sichtlich erstaunten Tupolew, die sofort Feuer und Flamme war.

„Ist es auch für uns nutzbar?“, fragte sie aufgeregt.

„Ja, allerdings nur in einem kleinen Rahmen“, gab der Wissenschaftler zurück. „Es funktioniert, in dem das gegenüberliegende Bild auf das Kleidungsstück projiziert wird und es somit nur noch schwer zu erkennen ist. Ich denke, ich werde einen Robo Master damit ausstatten können. Allerdings brauche ich noch eine Weile, um ihn fertigzustellen. Deine Skelettkrieger kann ich hingegen gleich zusammenbasteln.“

Dr. Cosack drückte auf eine Interfacefläche seines Smartkoms, das er am Gürtel unter seinem Kittel trug. Ein langer Tisch kam aus dem Boden gefahren, auf diesem befanden sich die gesäuberten Gerippe, aber auch die Reste der Mechs.

„Reicht für vier Skelettkrieger, es bleiben aber ein Schädel und etwas Knochen übrig“, sagte Dr. Cosack.

Skyla kicherte leise auf. „Dann bau die letzte Birne in den Mech ein und lass ihn die restlichen Teile verschießen. Vorher solltest du da noch lustige Sprüche draufschreiben. Gut kommt es auch, wenn die Köpfe höhnisch lachen und sich dabei der Unterkiefer bewegt.“

Der Doktor nickte, bevor er sich ans Werk machte. Kurz blickte er zu der Tupolew hoch. „Und du? Willst du nicht auch mit Waffen bestückt werden?“

„Bloß nicht“, kam es wie aus der Pistole geschossen zurück. Dr. Cosack schmunzelte, denn er kannte Skylas Abscheu vor menschlichen Berührungen. Nur was war, wenn sie einmal stärker beschädigt wurde? Dann musste sie sich wohl oder übel überwinden.

Als er fertig war, ließ er von einer Arbeitsdrohne
einen Container bringen, in die er seine Kreationen
unterbrachte. „Das muss jetzt in deinen Laderaum,
Skyla."

Die Tupolew zögerte kurz, öffnete dann aber ihre
Frachtluke, die sich auf ihrer Steuerbordseite befand. Ein Transportband fuhr heraus und die Drohne lud die Kiste auf. Als das Ding drin war, schloss
sie die Luke wieder.

„Danke, Doktor. Ich mach mich jetzt vom Acker.
Wann werden die nächsten Robo Master fertig
sein?"

Dr. Cosack rieb seinen Bart. „Ich denke ein paar
Tage sind es noch. Halte dich bereit, ich lass dich
jetzt wieder heraus."

Eine Art Laufband setzte sich in Bewegung und
führte die Maschine aus dem Gebäude, damit sie
nicht erst einen Powerback einsetzen musste, der
den empfindlichen Gerätschaften im Labor schaden
konnte. Wieder draußen, startete Skyla die Triebwerke und begab sich auf den Heimflug.

In Mirny angekommen, erblickte sie Komodo vor
der Baracke, wie er an einer Drohne hantierte, und
rief ihn zu sich. „Hallo Komodo. Ich habe noch
etwas vom Doktor bekommen." Mit diesen Worten
ließ sie die Drohne den Container ausladen. „Bauen
wir es mit in die Basisverteidigung ein."

Der Österreicher lugte in die Box hinein und bekam
fast einen Lachkrampf. „Sind das echte Knochen?"

„Ja, von unseren netten Freunden. Das wird ihnen
gefallen. Oder warte, wird es nicht", antwortete die
Tupolew und fiel in das Gelächter ein.

„Eine schlechte Nachricht habe ich aber", begann Komodo. „Eine unserer Überwachungsdrohnen im Küstenbereich hat den Geist aufgegeben."
Skyla schnaubte. „Blöde Digitaltechnik. Haben wir noch eine?"
„Ja, hier. Sogar zwei."
„Schieb sie mir hinten in den dritten Frachtraum. Ich selbst werde sie ans Ziel bringen. Hatte sowieso vor einen Erkundungsflug zu machen."
Komodo tat es, achtete aber darauf, die Tupolew dabei nicht zu berühren. „Pass aber auf dich auf", gab er ihr noch mit.
„Natürlich."
Skyla startete erneut und überflog erst einmal weiträumig die Gegend, um nach eventuellen Feindaktivitäten Ausschau zu halten, ehe sie sich der Küste näherte. In einiger Entfernung erspähte sie einen Kreuzer. „Na wenn das nicht unsere Spezis sind." Sie vollführte einen Steigflug, um nicht so schnell bemerkt zu werden, und ließ dann eine der Drohnen heraus. Da ihr dritter Frachtraum im Gegensatz zu den beiden anderen nicht innerhalb ihrer Druckkabine lag, konnte sie diesen auch im Flug öffnen. Die Drohne aktivierte sich sofort und begann zu kreisen. Die Tupolew wendete und während des Rückflugs ließ sie auch die zweite Drohne heraus, ehe sie zur Basis zurückkehrte.

Hagelstolz und Siebeck hatten sich ihrer Ausrüstung entledigt, geduscht und frische Bordkombinationen angezogen. Jetzt saßen sie in der Mannschaftsmesse und tranken Kaffee.

„Wow, der ist wirklich heiß. Genau das Richtige jetzt, nicht wahr Hauptmann?“, sagte Siebeck und schlürfte vorsichtig.

„Richtig, Gefreiter. Stark, süß und heiß, genauso muss ein Kaffee sein“, erwiderte Hagelstolz und nahm einen Schluck von seinem Getränk. „Bin mal gespannt, ob der Kapitän dieses schönen Kreuzers mich zu einem Debriefing bestellt. Hab keine Lust, die ganze Zeit zu sagen: Verzeihung Kapitän, aber Sie sind nicht für diese Informationen zugelassen.“

„Ja, haha“, feixte Siebeck. „Das stell ich mir lustig vor.“

„Ja, du hast gut lachen, Gefreiter. Du musst dich nur mit mir herumschlagen und wie du weißt, bin ich eine Seele von Mensch“, schmunzelte der Hauptmann.

Siebeck nickte grinsend und verbrannte sich die Zunge, als er unbedacht von seiner Tasse trank.

„Ah, fuck!“, fluchte er. In diesem Moment setzte sich eine junge Frau neben die beiden Veteranen.

Sie hielt ebenfalls einen Pott dampfenden Kaffee in den Händen und blickte die beiden neugierig an.

„Sie sind neu hier, nicht wahr? Sie sind heute Morgen an Bord gekommen. Woher kommen Sie?“, erkundigte sich der Neuankömmling mit den blonden Haaren.

Siebeck schwieg, sodass sich Hagelstolz mit dem Problem befassen konnte.

„Wir sind nur einfache Soldaten, die einen Auftrag an Land zu erledigen hatten. Nichts Besonderes.“

„Aha“, machte die blutjunge Schönheit, dann streckte sie den beiden ihre Hand entgegen. „Ich bin

Kira Hanuffson, Wissenschaftsgruppe der WEI, Abteilung Qualitätsmanagement und Bio-Gefahr Abklärung“, stellte sie sich vor.

Hagelstolz nahm die Hand und drückte sie. „Björn Hagelstolz und das hier ist Siebeck.“

„Jannes“, lächelte der Gefreite.

„Ursprünglich komme ich von der WEI Stewart, die leider versenkt wurde“, fuhr Kira fort. „Ein Sammlerschiff. Dann wurde ich auf die Antigone evakuiert, die dann im Gefecht mit den Rebellenschiffen versenkt wurde. Die Heathrow ist das letzte Schiff unseres Konvois. Und wir hatten einen Saboteur an Bord.“

„Einen Saboteur? Ernsthaft?“, fragte Hagelstolz ungläubig.

„Ja, wirklich. Beinahe wären wir hier gestrandet, aber die Bordingenieure haben den Antrieb reparieren können.“ Kira nickte bestätigend.

„Und was ist jetzt mit dem Verräter?“, fragte Siebeck und runzelte kritisch die Stirn. „Wurde er schon gefunden?“

„Ja, man hat ihn auf frischer Tat ertappt, wie er das Essen der Offiziere vergiften wollte“, berichtete Kira. „Am nächsten Morgen wurde er hingerichtet. Das war gestern.“

„Unglaublich. Wie haben die Rebellen es geschafft, einen Saboteur in die Mannschaft einzuschleusen?“, erkundigte sich Hagelstolz bei der Wissenschaftlerin.

„Das weiß keiner. Zumindest redet niemand darüber. Die Gerüchteküche an Bord schwirrt natürlich nur so mit allen möglichen Vermutungen.“

„Mhm", überlegte Hagelstolz, „und wir sind auf überraschend starken Widerstand getroffen, als ob sie gewusst hätten, dass wir kommen."

„Wo seid ihr gewesen? Habt ihr gegen die Rebellen gekämpft?", erkundigte sich Kira neugierig und wischte sich eine Strähne aus dem Gesicht.

„Nun die Details unseres Einsatzes unterliegen der Geheimhaltung, also können wir dazu nicht mehr sagen", murrte Hagelstolz und trank seinen Kaffee aus.

„Es war mir eine Freude, Frau Hanuffson", erklärte der Hauptmann und winkte Siebeck zu. Dieser stand auf und verabschiedete sich ebenfalls von der Wissenschaftlerin. Dann verschwanden die beiden Soldaten in der Tiefe des Schiffes.

Kira holte sich noch einen Kaffee, dazu ein Stück Obstkuchen und dachte nach. Irgendetwas stimmte hier nicht. Die Gerüchte an Bord spannen sich von einer Verschwörungstheorie zur Nächsten und eine der wichtigsten Fragen war, ob der Verräter alleine gehandelt hatte. Misstrauen und Argwohn störten das empfindliche soziale Klima an Bord des Schiffes. Mit einer Besatzungsstärke, die einem Dorf entsprach, war die emotionale und geistig-soziale Gesundheit der Crew von erheblicher Wichtigkeit. Ein Kriegsschiff konnte nur dann funktionieren und einsatzfähig bleiben, wenn sich jeder in der Mannschaft auf den Anderen verlassen konnte. Der Schlag für die Moral der Besatzung der Heathrow war ohnehin schon erheblicher Natur.

Kira aß gedankenverloren ihren Kuchen und zog sich dann in ihre Koje zurück. Momentan hatte sie an Bord keine Funktion, sodass ihr viel Zeit zum Grübeln und Entspannen blieb. Und zum Naschen.

Im Kommandoraum der Space Force der Neuen Republik Amerika arbeiteten die Soldaten konzentriert an ihren Terminals. Satellitenvektoren wurden tausendfach überwacht, kontrolliert und gegebenenfalls optimiert. Momentan war eine Schemazeichnung des High Orbital Bombardement Systems, kurz des HOBS, der Abteilung von Space Delta 9, auf dem riesigen Monitor an der Stirnseite des Raumes zu sehen. Einer der HOBS-Satelliten überflog gerade die Antarktis.
„Gut, zeigen Sie mir die Aufnahmen des Satelliten!", befahl General John Nimiz und strich sich über das glattrasierte Kinn. Die graumelierten, kurzen Haare und die Falten verliehen ihm eine respektfordernde Aura. Sofort war das Blau und Weiß der Antarktis auf dem Monitor zu sehen. „Nehmen Sie unser Ziel ins Visier", lautete der nächste Befehl.
Die Pilotin der Space Delta 9 Abteilung, derjenigen für Weltraumkriegsführung, gab Koordinaten ein und aktivierte einen stufenlosen Zoom-In auf das Ziel. Die schlanke Silhouette des leichten Kreuzers war kaum vom umliegenden Wasser zu unterscheiden. Sie nahm manuell die letzten Zieleinstellungen vor und loggte dann das Zielsystem auf den vorausberechneten Kurs des Schiffes. Anhand der dabei gesammelten Bewegungsdaten, konnte der Satellit auch aus achthundert Kilometern Entfernung sein Ziel mit vernichtender Gewalt treffen.

„Wir sind soweit", berichtete die Soldatin der Space Force.
„Gut, Feuern Sie!", befahl der General.
Die Soldatin öffnete die Befehlsmaske des Satelliten, gab die entsprechenden Kommandocodes ein und aktivierte eine Feuersequenz.

In achthundert Kilometern Höhe öffneten sich die Schotten des HOBS-Satelliten. Ein Magnetwerfersystem schoss zwanzig mit angereichertem Uran bestückte Wolfram-Carbid-Pfähle von zehn Metern Länge und zwanzig Zentimetern Durchmesser ab, die sich sofort auf den Weg zur Erde machten und von der Schwerkraft beschleunigt wurden. Knapp vier Minuten später und achthundert Kilometer weiter unten auf der Heathrow, ging der automatische Alarm los. Innerhalb von Sekunden zeigte der Computer das Angriffsprofil, während die roten Lichter des Beschussalarms blinkten. Kapitän Klink reagierte innerhalb von Sekunden, nachdem er erkannt und realisiert hatte, was passierte.
„Ruder hart Steuerbord!", peitschte seine Stimme durch den Alarm auf der Brücke. „Gefechtsalarm, Vorbereiten auf Einschlag!"
Auf dem gesamten Schiff heulten die Sirenen und die LED-Lichter tauchten das Innere des Schiffes in geisterhafte, rote Schatten. Die Besatzung verharrte kurz, gefangen vom Schock und der Überraschung, bevor sich dann alles in Bewegung setzte, zu seinen Stationen rannte oder in Deckung ging.
Kira Hanuffson lag in ihrer Koje, als der Alarm los plärrte. Sie rollte sich heraus, kam auf die Füße und

zögerte. Sie wusste nicht, was sie tun sollte. Die Zeit verrann, es blieben nur noch Augenblicke.
Kapitän Klink beobachtete auf dem Sensorschirm die Annäherung der Projektile. Die letzten Sekunden verstrichen.
Björn Hagelstolz und Jannes Siebeck hasteten eilig durch die Korridore des Schiffes, sie mussten ihre Ausrüstung holen. Letzte, kostbare Sekunden.

Die harte Rechtskurve des leichten Kreuzers brachte ihn fast aus dem Gefahrenbereich. Achtzehn der Orbitalprojektile verfehlten das Schiff und schlugen mit vernichtender Gewalt in das Meer ein. Die Explosion mit achtzehn Tonnen TNT-Äquivalent im Wasser an sich war schon zerstörerisch. Doch schlimmer waren die beiden Uran-Wolfram-Carbid-Pfähle die in das Hauptdeck Steuerbords einschlugen. Die kinetische Energie der Projektile beförderte diese hellglühend durch die Panzerung des Schiffes unter Deck, wo sich die ganze Wut und der Hass des Angriffs entluden. Der Bug der Heathrow verging in einem Feuerball. Flammenstrahlen rasten durch die Gänge des Schiffes und äscherten jeden ein, der Glück hatte. Wer keines hatte, blieb schwerverletzt liegen, um langsam in einen schmerzvollen Tod hinüberzudämmern.
Kapitän Klink starb einen schnellen Tod, genauso wie der Rest der Brückenbesatzung. Kira Hanuffson wurde zu Boden geschleudert. Das Schott verfärbte sich aufgrund der intensiven Hitze auf dem Korridor, hielt aber stand. Hagelstolz und Siebeck hatten Glück, sie befanden sich weit genug vom Ein-

schlagsort entfernt und überlebten ohne weitere Verletzungen. Das vordere Drittel des Kahns war praktisch nicht mehr existent. Die Heathrow sank. Nur wenige hatten den Angriff überstanden. Nun mussten sie den Untergang des Schiffes überleben.